# Troublante liaison

ABBY GREEN

# Troublante liaison

*Traduction française de*
BARNABÉ D'ALBES

*Azur*

HARLEQUIN

*Collection :* Azur

*Titre original :*
THE FRENCH TYCOON'S PREGNANT MISTRESS



**HARPERCOLLINS FRANCE**
83-85, boulevard Vincent-Auriol, 75646 PARIS CEDEX 13
Service Lectrices — Tél. : 01 45 82 47 47

www.harlequin.fr

ISBN 978-2-2804-1236-0 — ISSN 0993-4448

# 1.

— Un tournoi des Six-Nations qui a bien commencé, comme le prouve le suspense haletant de ces dernières minutes de jeu. C'était Alana Cusack en direct de Croke Park. À vous l'antenne, cher Brian.

La jeune femme conserva un sourire impeccable jusqu'à ce que le silence tombe dans son oreillette. Soulagée, elle remit alors son micro à Aisling, son assistante, tout en évitant soigneusement de regarder dans la direction de l'inconnu.

Car un peu plus bas, d'une attitude nonchalante, un homme se tenait toujours appuyé contre le mur, dans son superbe manteau noir, les mains dans les poches. Elle l'avait vu discuter avec les joueurs de l'équipe adverse, mais il y avait maintenant un certain temps qu'il était seul. Or, il restait là, sans bouger. À la fixer. D'ailleurs, il ne l'avait pratiquement pas quittée des yeux au cours du match entre l'Irlande et la France. Par ce manège, il avait réussi à la déconcentrer, et elle aurait bien aimé savoir pourquoi. Hum ! non. C'était un mensonge. Elle *savait* pourquoi. C'était bien le pis. Il avait su capter son attention parce qu'il était élégant et ombrageux, nimbé de mystère et… redoutablement séduisant. Si séduisant qu'en croisant son regard pour la première fois, par accident, elle avait eu l'impression de recevoir un coup dans l'estomac. Une sorte de courant électrique avait circulé entre eux, quelque chose de foudroyant qui n'avait duré qu'une fraction de seconde, mais la sensation était puissante — et inconnue, déstabilisante. Elle était certaine de n'avoir jamais fait cette expérience auparavant, pas même avec son mari.

Sous le choc, elle n'avait pu s'empêcher de sourire à l'étranger et de hausser les sourcils avec amusement. C'était une façon de dédramatiser, mais elle avait alors discerné dans ses yeux une expression moqueuse voire dédaigneuse. Bon, d'accord, elle venait de réagir sur un mode de complicité alors qu'elle ne le connaissait ni d'Ève ni d'Adam. En dépit de la distance qui les séparait, elle pouvait contempler la singularité de ses traits : une mâchoire bien marquée dans un visage émacié, viril. Des lèvres ourlées et pleines, d'une sensualité débridée… Alana s'était sentie rougir.

C'était forcément un Français. Du reste, les gradins étaient remplis d'hommes attirants, aujourd'hui, une foule exotique au teint moins pâle que celui des autochtones. Il était installé dans la tribune réservée aux VIP, au-dessous des quartiers de la presse. Pendant le match, chaque fois qu'il s'était levé, Alana avait eu l'occasion de constater qu'il était très grand, de carrure athlétique, vêtu avec une extrême élégance. Il rendait une tête à ses voisins — ce qui, parmi des grappes de supporters de rugby, n'était pas peu dire.

Pourquoi semblait-il l'attendre, maintenant ? Avait-il cru qu'elle lui faisait de l'œil, et interprété son mouvement de surprise comme une avance ? Quelle horreur ! Ce serait pis que tout !

— Tu veux qu'on te dépose chez toi, Alana ? proposa Aisling.

Les membres de l'équipe avaient fini de ranger le matériel. Derek, le cameraman, la dévisageait avec perplexité, et elle réalisa qu'elle venait de rester un bon moment immobile, le regard dans le vide. Troublée. Or, ce n'était pas son style. On la considérait comme une professionnelle calme, réfléchie, armée d'un sang-froid à toute épreuve.

— Non merci, répondit-elle tandis que l'inconnu se mettait en mouvement.

Elle le percevait dans sa vision périphérique et, comme il s'approchait, sentit la panique s'infiltrer en elle.

— Je dois me rendre à un dîner en famille un peu plus tard dans la soirée alors je suis venue en voiture, ajouta-t-elle.

— Vraiment ? s'étonna Derek. Tu ne profites pas du somptueux cocktail offert par la chaîne ? Les Français vont fêter leur victoire !

Secrètement ravie de disposer d'une bonne excuse, elle répliqua :

— Je vais y faire une brève apparition afin que Rory soit satisfait.

Derek hocha la tête. Il s'apprêtait à suivre le reste de l'équipe quand il se retourna vers Alana pour conclure :

— Au fait, joli travail, mon petit. Bravo.

Alana savoura le compliment. De la part de ce cameraman qui était un vétéran dans le métier, il lui allait droit au cœur.

— Merci. Je suis très touchée, avoua-t-elle.

Non sans l'avoir gratifiée d'un clin d'œil affectueux, il tourna les talons. Alana s'attendait à trouver l'inconnu à quelques mètres d'elle, dans un gradin juste au-dessous… Dès qu'elle s'aperçut qu'elle était seule, un curieux mélange de déception et de soulagement s'empara d'elle. Lassé de l'attendre, il avait dû préférer renoncer… Seigneur, quelle idée absurde ! Elle se promit de brider un peu son imagination et ramassa son sac.

Il avait cru l'avoir manquée, en partant jeter brièvement un coup d'œil sur le terrain, et l'effroi qu'il ressentit à cette perspective l'exaspéra. De toute façon, sa frayeur était sans objet : la jeune femme n'avait pas quitté le stade.

Pascal Lévêque leva la tête vers les gradins. Croisant les bras sur sa poitrine, il se concentra sur le spectacle irrésistible qui lui était offert sous la forme d'un superbe fessier bien rond, moulé dans une jupe crayon. Sa propriétaire était occupée à chercher son sac sous un siège. Il suivit chacun de ses mouvements, ce qui lui permit d'apprécier la longueur d'une paire de jambes fuselées : galbe parfait des cuisses et du mollet, finesse de la cheville… Lorsque l'inconnue se redressa, il admira la rondeur de ses hanches et sa taille de guêpe. Il se demanda si elle portait des bas, et l'image ainsi évoquée fit bouillir son sang dans ses veines.

Une autre question le hantait. Pourquoi avait-il été pratiquement incapable de la quitter des yeux durant ce match, et que faisait-il encore là, maintenant, alors qu'il aurait dû partir depuis longtemps ? Qu'avait donc de si particulier cette petite journaliste pour qu'il rompe ainsi ses habitudes, qu'il renonce à sa proverbiale rigueur ? En quoi cette étrangère impeccable jusqu'au bout des ongles était-elle différente d'une autre ?

Voilà. « Impeccable ». C'était le mot juste. L'adjectif qui la caractérisait, illustré par son chemisier à rayures où même le petit bouton en haut du col était attaché. Cela ne lui avait pas suffi : elle allait jusqu'à arborer une cravate et des mocassins plats. Quant à ses cheveux, ils étaient bien lissés, tirés derrière les oreilles, retenus en sage queue-de-cheval.

Les saintes-nitouches, ce n'était pas vraiment sa tasse de thé ! Il aimait les séductrices assumées, les femmes sensuelles qui osaient exhiber leurs courbes dans des vêtements sophistiqués, des robes de luxe propres à enflammer les sens de ceux qui les croisaient ; des créatures ardentes, qui n'hésitaient pas à user de tous leurs charmes pour exprimer leur désir et exalter celui d'un homme.

Perplexe, Pascal la fixa tandis qu'elle enfilait un long manteau de laine anthracite. Une pulsion aussi stupide qu'irrépressible, au fond de lui, lui donnait envie de l'approcher de très près. C'était ridicule car, il le savait, dès qu'elle se tiendrait devant lui, il la verrait pour ce qu'elle était : une petite godiche d'animatrice de télé comme il en existait des centaines, toutes plus creuses et superficielles les unes que les autres. Pourtant, impossible d'effacer l'impression fulgurante qui lui avait traversé la cage thoracique à l'instant où il avait posé les yeux sur elle. Un visage ravissant s'était imprimé dans son esprit, des lèvres pulpeuses et fraîches, de longs cils ourlant un regard de biche, une chevelure d'un roux flamboyant contrastant avec sa peau diaphane.

Hélas ! il s'était fait prendre en flagrant délit et, depuis, elle lorgnait régulièrement dans sa direction avec une mine apeurée.

D'un pas décidé, il se dirigea vers elle.

Alana déglutit avec peine. Elle ne s'était pas préparée à faire face à un apollon la dominant de toute sa stature et lui imposant son charisme débridé. Ils étaient seuls dans un stade pouvant contenir jusqu'à quatre-vingt mille personnes et, pourtant, elle avait le sentiment d'être enfermée dans un placard avec lui. L'air se raréfiait. Ses poumons se bloquaient. Sa température venait d'augmenter de plusieurs degrés, et l'atmosphère se chargea soudain de testostérone.

Il gardait obstinément les mains dans les poches. Son manteau en cachemire, parfait pour braver l'hiver irlandais, mettait en valeur ses épaules larges, faisant également ressortir sa carnation bronzée. Ses yeux d'un brun métallique, sombres et ardents, la mettaient au comble du malaise, même si elle ne parvenait pas à échapper à leur emprise. Une force magnétique se dégageait de cet homme. Au prix d'un effort surhumain, elle parvint toutefois à retrouver l'usage de ses cordes vocales et demanda maladroitement :

— Excusez-moi… Je peux vous aider ? Vous cherchez quelqu'un ?

Jamais elle n'avait entendu sa propre voix résonner ainsi, comme celle d'une chanteuse de blues — grave, sirupeuse.

— Vous me regardiez.

— Je vous demande pardon ? rétorqua-t-elle, indignée par le ton accusateur que venait d'adopter l'inconnu.

Dire qu'elle s'était mise dans tous ses états pour un touriste qui cherchait seulement à s'amuser à ses dépens ! Eh bien s'il s'était imaginé avoir ferré une petite proie facile, il allait être déçu.

— Si mes souvenirs sont exacts, vous ne vous êtes pas privé de me contempler vous-même très longuement, déclara-t-elle.

Elle releva fièrement le menton avant d'ajouter :

— J'ai cru reconnaître un visage connu. Je me suis trompée. Si je vous ai laissé croire quoi que ce soit d'autre, j'en suis navrée. Maintenant, j'ai du travail. Excusez-moi.

Son interlocuteur sourit de toutes ses dents, et elle sentit son embarras croître.

— Je suis parfaitement conscient que vous avez du travail, déclara-t-il, un subtil accent français dans la voix. Je vous ai vue interviewer l'entraîneur de l'équipe irlandaise. Quant à ce que je vous ai dit, c'était une simple observation. J'ai relevé un fait : vous m'avez fixé.

— Pas plus que vous, se défendit-elle en cherchant désespérément à conserver son calme, tandis que l'homme approchait.

Ils se trouvaient désormais sur la même rangée de

sièges : impossible de le contourner pour passer devant lui, la travée était trop étroite. Le piège se refermait sur elle. D'autant plus qu'il lui offrait tout le temps de contempler son visage aux traits ciselés. C'était comme si le chef-d'œuvre en marbre d'un artiste de la Renaissance italienne prenait vie sous ses yeux.

Calant courageusement son sac sur son épaule, elle lâcha avec hauteur :

— Cette conversation ne mène nulle part. J'aimerais retourner à mon bureau, s'il vous plaît. Je suis sûre que vous avez vous-même bien mieux à faire que rester ici.

Ce qui parut une éternité s'écoula avant que — enfin — l'inconnu se décide à lui céder le passage. Serrant les dents, retenant son souffle, elle se hâta de passer devant lui, mais malgré toutes ses précautions elle ne put manquer de l'effleurer. Ni de sentir les effluves de son parfum de luxe lui caresser dangereusement les narines. La chair de son grand corps masculin, imposant et athlétique, dégagea toute sa chaleur tandis qu'elle s'efforçait d'ignorer les battements lourds de son cœur dans sa poitrine, car l'alchimie de ces sensations combinées produisait une atmosphère… sexuelle.

Oh ! Seigneur, était-elle en train de perdre l'esprit ? Prenant la fuite, elle se hâta de gagner les ascenseurs du stade, l'étranger sur les talons. Naturellement, il voulait sortir, lui aussi : impuissante, elle le regarda s'engouffrer à sa suite dans la cabine. Et tandis que l'appareil en verre blindé entamait sa descente, afin de lutter contre les odieuses sensations qui l'assaillaient, elle tâcha de reporter son attention sur le parking où l'attendait sa voiture. Hélas ! il s'avérait impossible de faire abstraction de l'étroitesse de l'espace dans lequel elle était confinée avec l'étrange Français.

— Vous n'avez pas tort, lança-t-il au moment où perlait une goutte de sueur à la racine de ses cheveux.

— Ah ? répondit-elle distraitement, mortifiée par son trouble.

— Oui, j'ai mieux à faire que traîner dans les environs. Vous pourriez peut-être m'accompagner ?

La stupéfaction d'Alana fut telle qu'elle manqua rester bouche bée. Il lui fallut rassembler toutes ses forces pour conserver une expression relativement neutre. Elle n'avait donc pas perdu la tête : cet homme lui faisait des avances ! Pourquoi ? Qu'est-ce qui poussait ce dieu hollywoodien, qui pouvait obtenir d'un claquement de doigts les plus belles femmes de la planète, à jeter son dévolu sur elle ? Car il aurait fallu qu'elle soit aveugle ou idiote pour ne pas comprendre qu'ils n'étaient pas du même monde.

Préférant ignorer sa question, elle réprima un soupir de soulagement lorsque les portes de l'ascenseur s'ouvrirent. D'un même pas, ils se dirigèrent vers le parking, quasiment vide, et elle repéra tout de suite, dans le carré VIP, une somptueuse Lexus aux vitres teintées. Nul doute que son chauffeur l'y attendait.

— Alors, qu'en dites-vous ? insista-t-il.

— Je suis navrée, monsieur… Monsieur ?

— Lévêque. Pascal Lévêque.

— Eh bien, monsieur Lévêque, je dois retourner travailler. Je vous souhaite un bon week-end à Dublin où vous trouverez, je n'en doute pas, le genre de compagnie que vous espérez.

Quelque part dans un recoin de sa tête, une petite voix lui cria qu'elle était folle de laisser passer une pareille opportunité, mais elle refusa de l'écouter. Pas question de tomber dans les griffes du premier touriste désireux de se payer un peu de bon temps, sous prétexte qu'il était beau à en tomber ! De toute façon, elle savait à quoi s'en tenir avec les supporters. Elle avait elle-même appartenu à cette caste. Et c'était fini. Bel et bien fini.

*
* *

Confortablement installé sur la banquette arrière de sa berline, Pascal ne put résister à la curiosité de regarder la jeune femme s'installer au volant de son propre véhicule et quitter le stade. Il parvenait difficilement à croire qu'elle venait de le rembarrer. Combien de temps s'était écoulé depuis la dernière fois qu'une femme avait refusé une sortie avec lui ? Était-ce déjà arrivé ? Il n'en avait aucun souvenir.

Mais elle avait raison. Il lui serait aisé de trouver de la compagnie. Cette fille-là n'avait rien de si spécial, après tout.

Pourtant, depuis qu'il avait eu l'occasion d'examiner son visage et sa silhouette de très près, il ne parvenait pas à oublier le vert intense de ses grands yeux, et il brûlait de savoir ce que cachait son uniforme trop sage… et de le réduire en lambeaux. L'ardeur de son élan l'effraya lui-même. Bon sang ! comment diable avait-elle pu le mettre dans cet état ?

Il réfléchit un instant. En fait, il s'ennuyait. Il y avait plusieurs semaines qu'il était sans maîtresse. Plus tard, il devait se rendre à une réception et s'il pouvait s'offrir une conquête d'un soir, il ne s'en priverait pas.

Pour la première fois depuis qu'il avait aperçu la petite journaliste, il sentit son corps s'apaiser. Son répit fut toutefois de courte durée, car il réalisa qu'il ne connaissait pas son nom. Il ne savait pas non plus si elle était célibataire. Certes, il n'avait pas remarqué d'alliance à son annulaire, mais avait-il prêté assez attention à ce détail ? Il voulait savoir.

Il *fallait* qu'il sache.

*
* *

— Alana, tu ne vas pas déjà partir, quand même !

— Mais Rory, il faut que je me rende chez mes parents : on fête les quarante ans de mon frère.

Ignorant sa protestation, son patron lui prit le bras d'autorité et l'entraîna dans la foule qu'elle venait d'affronter afin de s'éclipser discrètement. Exaspérée, elle leva les yeux au ciel.

— Il faut que tu rencontres ce milliardaire, Alana ! Tu vas l'interviewer demain. Est-ce que tu réalises qu'il m'a *personnellement* téléphoné après le match, et qu'il a demandé que ce soit toi qui te charges de cet entretien ? Je suppose qu'il t'a vue pendant le match, et tu lui as plu ; enfin quelle importance, au fond ? Tu te rends compte ? Le poids d'un coup pareil ? C'est l'un des plus importants sponsors des Six-Nations ! Connu dans le milieu de la finance, mais très discret dans les médias. Il évite toujours les questions et il…

Alana n'écoutait plus. Elle en avait assez de se faire marcher sur les pieds par les dizaines de personnes présentes à cette célébration, assez d'écouter le monologue de son patron. Il voulait qu'elle se charge d'une interview ? Pas de problème, elle avait l'habitude. Aucune raison d'en faire un tel cirque. Discrètement, elle baissa les yeux sur sa montre. La soirée d'anniversaire de son frère était une surprise, bien sûr, et elle allait commencer d'ici une demi-heure. C'était exactement le temps que lui prendrait le trajet du centre-ville de Dublin jusqu'à la maison de ses parents, à Foxrock. Si elle manquait le début… la vie ne vaudrait plus la peine d'être vécue.

Lorsque Rory s'arrêta brutalement, elle parvint de justesse à ne pas s'assommer contre lui. Il se retourna pour lui jeter un regard réprobateur.

— Quel dommage que tu ne te sois pas un peu plus habillée ! Tu aurais pu faire un effort, tout de même, Alana !

Cette fois, elle sentit l'irritation la gagner. Un peu trop

souvent, les gens exigeaient d'elle qu'elle se conforme à ce qu'elle avait été. Avant.

— Rory, je suis habillée pour une soirée en famille, tu t'en souviens ? Pas pour un grand tralala donné par les Français dans un palace !

Et en effet, sa tenue n'était pas adaptée à la circonstance, songea-t-elle. Comment aurait-elle pu deviner que le « petit cocktail » où elle entendait passer en coup de vent avait lieu dans la grande salle de réception de l'hôtel Four Seasons ? Cela dit, même si elle n'étincelait pas dans un fourreau en soie ou une robe à paillettes, comme la plupart des femmes autour d'elle, elle n'avait pas à rougir de sa robe noire, qu'elle jugeait très respectable. Les vêtements luxueux et extravagants lui rappelaient trop de mauvais souvenirs. Du reste, elle ne s'était jamais sentie à son aise dedans.

— Il vient juste d'arriver, lança Rory d'un ton nerveux. Tu ne peux même pas imaginer à quel point cet homme est important. Au-delà de son rôle dans le tournoi des Six-Nations, il est à la tête de l'une des plus grandes banques dans le monde. Tu vois le tableau ? Je vais te présenter. Ensuite, tu pourras partir. De toute façon, il aura d'autres chats à fouetter ce soir que faire ta connaissance, ne t'inquiète pas.

Une nouvelle fois, sans lui laisser le temps de protester, il lui prit le bras et l'attira vers un homme brun en smoking noir entouré d'un essaim de courtisans — et de courtisanes.

Soudain, Alana ne se sentit plus portée par ses jambes. Son cœur battit à coups redoublés, et elle sut. Avant même de voir son visage, elle comprit.

— Il s'appelle Pascal Lévêque, murmura Rory à son oreille.

# 2.

— Je crois que je vous ai aperçue cet après-midi. C'est bien vous qui avez couvert la retransmission du match, n'est-ce pas ? demanda-t-il d'un ton faussement innocent, de sa voix grave et sexy, comme si de rien n'était.

Pour la seconde fois de la journée, Alana leva les yeux vers lui. Vers ce regard qui n'avait pas quitté son esprit un instant. Sa gorge devint sèche, ses mains moites. Chaque réaction de son corps l'affolait. Elle avait répudié les hommes de son existence, n'avait pas de temps à accorder à des flirts, et ne comprenait absolument pas comment cet individu réussissait à la désarçonner avec une redoutable aisance. Il lui arrivait souvent de croiser des séducteurs, de recevoir des invitations à dîner, d'entendre des propos flatteurs. D'habitude, elle les repoussait sans même y accorder une seconde d'attention. Or, avec lui, c'était différent. Elle l'avait pressenti dès l'instant où ils avaient fait connaissance — d'où son empressement à le fuir.

Un long silence pesa entre eux, et Rory lui envoya un petit coup de coude dans les côtes. À contrecœur, elle tendit la main et répondit machinalement :

— C'est exact, oui.

Pascal Lévêque choisit ce moment pour lui prendre la main, mais au lieu de la serrer, il se pencha, dans une sorte de mouvement de révérence, pour la porter à ses lèvres. Ce faisant, il ne la quitta pas des yeux une seconde.

Comme dans un film au ralenti, Alana eut le temps de se préparer à ce qui allait suivre. Pourtant, lorsqu'elle sentit le contact de ses lèvres charnues et chaudes sur le dos de sa main, des secousses lui parcoururent le corps — la sensation d'un choc violent, quelque chose d'agréable et de pénible, tout à la fois. Stoïque, elle fit de son mieux pour afficher un air imperturbable, mais non content de ce baiser, il garda subrepticement sa main dans la sienne et caressa du bout des doigts la peau très fine au creux de son poignet : une caresse d'une délicatesse et d'une légèreté infinies, qui la firent frissonner.

Cela ne dura qu'un instant. Le geste fut imperceptible au regard de Rory ou de quiconque autour d'eux. Mais Alana sentit son cœur battre sur un rythme anormal et ne put soutenir plus longtemps le regard de Pascal Lévêque. Elle déglutit avec peine et entendit Rory marmonner quelque chose au sujet de coupes de champagne qu'il partit chercher au buffet.

Dès qu'ils furent seuls, un sourire goguenard se dessina sur les traits de son compagnon.

— Vous avez trouvé le temps de vous changer, observa-t-il. Dites-moi, cette sortie doit-elle être classée dans la catégorie du travail ?

— Naturellement, je me suis changée pour assister à un cocktail, rétorqua-t-elle avec virulence. Et oui, ma présence ici est directement liée à mon métier.

Elle le vit détailler d'un regard impitoyable sa tenue tout à fait convenable… et plus austère qu'une aube de moine : il s'agissait d'une robe longue noire, sans manches, à col cheminée, qu'elle portait sous une veste noire assortie.

— Vous aussi, vous vous êtes changé, dit-elle en désignant son smoking, alors qu'un nœud se formait dans son ventre.

Quelle réflexion idiote ! De toute façon, dans une immense salle remplie d'hommes qui portaient des costumes identiques, Pascal Lévêque parvenait à sortir du lot. On ne voyait que lui.

— Vous ne voulez pas ôter votre veste ? Il fait chaud, ici, reprit-il en plongeant son intense regard dans le sien.

Il avait suffi qu'il prononce cet adjectif pour qu'elle ait soudain l'impression d'être dans un sauna.

— Non, ça va, merci, assura-t-elle en se demandant pourquoi un vêtement qu'elle ne sentait pas un instant plus tôt s'était changé en peau d'ours.

Timidement, elle osa à son tour le détailler d'un coup d'œil rapide. Elle devinait dans sa silhouette carrée et svelte une musculature impeccable. Il avait les cheveux coupés un peu moins court que ceux d'un homme d'affaires ; des cheveux brillants, soyeux, qui donnaient envie d'y plonger les doigts…

— Pourquoi attachez-vous toujours vos cheveux ? demanda-t-il, la faisant rougir.

Avait-il lu dans ses pensées ? Que signifiait ce manège ? Ignorant sa question, elle contre-attaqua :

— Est-il exact que vous ayez demandé que je vous interviewe ?

Haussant les épaules d'un air contrit, il soupira :

— Oui, c'est ennuyeux mais je suis bien obligé de me plier à l'exercice de temps à autre. Alors en effet, j'ai donné votre nom dans l'espoir que l'expérience se révélera plus divertissante en votre compagnie qu'elle ne l'est d'ordinaire.

Alana le considéra avec attention. Sous les bonnes manières et un indiscutable sens de la courtoisie, il ne cherchait guère à dissimuler sa détermination. Un appétit féroce. C'était le genre d'homme qu'elle savait tenir à distance, mais…

Hélas ! chaque fois qu'il la couvait de son regard de braise, elle sentait un incendie s'allumer en elle.

— Monsieur Lévêque, si vous suggérez par-là que je vais me contenter de vous poser des questions oiseuses sur vos hobbies ou vos plats préférés parce que je suis une femme, préparez-vous à une déconvenue.

En prononçant ces paroles, elle se promit de passer la nuit entière, s'il le fallait, à chercher toutes les informations disponibles sur le personnage.

Il haussa les sourcils et répondit posément :

— Et vous, si vous imaginez que je ne vous tiens pas en haute estime parce que vous êtes une femme, vous êtes dans l'erreur. L'intérêt que j'accorde à cet entretien est strictement professionnel, et je vous ai choisie après avoir minutieusement étudié votre travail. Vos compétences m'impressionnent.

Elle ne s'attendait guère à entendre un tel compliment et fut prise de court. Les joues en feu, elle se mit à balbutier :

— Eh bien, euh, je…

— Permettez-moi de préciser ma pensée, l'interrompit-il. Notre interview se situe dans un cadre rigoureusement professionnel, mais quant à l'intérêt que je vous porte…

Il avança d'un pas, et l'air se chargea d'électricité.

— … je ne peux vous promettre qu'il se limite au cadre du travail, ajouta-t-il de sa voix enjôleuse.

Comme un peu plus tôt, dans le stade, Alana sentit ses poumons se bloquer et son sang pulser lourdement à ses tempes.

— Je suis navrée, monsieur Lévêque, mais voyez-vous, je…

— Vous êtes mariée ? s'enquit-il avec aplomb.

Son audace la stupéfia.

— Oui, lâcha-t-elle sans réfléchir, sur la défensive.

Aussitôt, une ombre passa sur le visage du milliardaire.

— Enfin non, corrigea-t-elle. Je veux dire que je l'ai été.

Paniquée, elle se mordit la lèvre et fouilla la salle du regard en se demandant où diable Rory avait disparu. Pourquoi, en quelques secondes, la conversation avait-elle ainsi glissé sur un terrain intime ? Comment cet homme avait-il le cran de lui avouer qu'il ne lui accordait pas *seulement* un intérêt professionnel ? Des sensations trop vives fourmillaient en elle, associées à de très mauvais souvenirs. Probablement parce qu'elle se trouvait dans un contexte évocateur de son passé.

Elle avait chaud. Des frissons désagréables lui parcouraient l'épiderme.

— J'ai été mariée, monsieur Lévêque. Mon mari est mort il y a dix-huit mois.

Pascal ouvrit la bouche, et elle se prépara mentalement à affronter un nouvel assaut. Mais ses prières étaient enfin entendues : Rory les rejoignit, un large sourire aux lèvres. Il lui plaça une coupe de champagne entre les mains, tendit au milliardaire ce qui semblait être un verre de whisky, et…

Tout à coup, la réalité la rattrapa. Elle blêmit, ouvrit son sac, vit sur l'écran de son smartphone qu'elle avait dix appels en absence, et posa sa coupe sur une console à proximité, projetant quelques gouttes au passage.

— Il faut que j'y aille, déclara-t-elle en jetant un regard implorant à Rory.

Puis, elle se tourna vers Pascal Lévêque et ajouta d'un ton aussi neutre que possible :

— Je vous prie de m'excuser, mais je suis très en retard.

Sans demander son reste, elle battit en retraite et tâcha d'effacer de sa mémoire le froncement de sourcils explicite de son patron. Dans sa hâte, elle se cogna à quelqu'un, et son chignon se défit sous le choc. Elle sentit sa chevelure cascader sur ses épaules.

— C'était un honneur de faire votre connaissance, et je me réjouis de cet entretien demain, prétendit-elle.

— Moi aussi, Alana, répondit-il très bas, arrimant au sien un regard hypnotique. À demain.

Il était plutôt déconcertant de tenir une conversation anodine tout en demeurant imprégné d'un trouble que rien n'avait su éteindre. Une sorte d'emprise maléfique l'empêchant de songer à quoi que ce soit d'autre qu'au visage diaphane d'Alana Cusack. Oui, la belle Irlandaise à la chevelure de feu avait incendié son esprit. Avait-elle cru que son statut de veuve l'inciterait à regarder ailleurs ? Eh bien… Il en était le premier surpris, mais ce n'était pas le cas.

Pascal avait même déjà renoncé à trouver son lot de consolation pour la nuit parmi les convives aux formes de sirènes. Pourtant, la soirée n'avait commencé que depuis deux heures. L'objet de son obsession ayant disparu, il se contentait de poursuivre la conversation avec Rory Hogan. À force d'abreuver de whisky le chef du service des sports de la chaîne nationale irlandaise, il espérait lui soutirer quelques renseignements au sujet de sa journaliste.

Sans doute sa curiosité commençait-elle à éveiller quelques soupçons chez son interlocuteur car, mal à l'aise, celui-ci se mit à rire nerveusement.

— Mais, dites-moi, qu'est-ce qui vous a donné l'idée de demander Alana Cusack pour cet entretien ?

Pascal parvenait mal à demeurer patient avec les flatteurs qu'il croisait — hélas ! — presque chaque jour de sa vie. Pas question, cependant, de se montrer discourtois avec le patron de la jeune femme.

— Je l'ai choisie parce que c'est votre meilleur reporter, tout simplement, dit-il d'un ton froid, haussant les épaules.

Rory devint écarlate.

— Naturellement. Et je vous en remercie. Elle est excellente, en effet. D'ailleurs, elle nous a tous beaucoup surpris… Vous comprenez, si je lui ai donné sa chance, au départ, c'est à cause de sa notoriété.

Pascal tendit l'oreille. Affectant une relative indifférence, il s'enquit :

— Ah ? Elle est connue dans le métier ?

Rory se mit à rire et désigna les femmes présentes dans l'assistance.

— Vous voyez toutes ces femmes, là-bas ? demanda-t-il.

Pascal jeta un coup d'œil vers les brochettes de jeunes filles qui gloussaient en rougissant dès qu'elles l'apercevaient, et qui formaient des essaims autour des joueurs. Il ne put réprimer une moue dédaigneuse. Ce genre de réception attirait toujours des aventurières moins fanatiques de rugby que de portefeuilles bien garnis, prêtes à tout pour se faire passer la bague au doigt et mener l'existence futile d'une épouse de millionnaire — la carte de crédit illimité, les après-midi dans les salons de beauté, la grande villa avec piscine… Certaines réussiraient, d'autres pas, mais toutes étaient de redoutables prédatrices.

— Eh bien Alana a appartenu à cette catégorie, poursuivit son compagnon. Elle était même l'impératrice du groupe. C'est ainsi qu'elle a épousé Ryan O'Connor.

Malgré son proverbial sang-froid, Pascal ne sut masquer sa surprise. Il marqua un temps d'arrêt. Naturellement, il avait entendu parler du légendaire footballeur irlandais. Or, il avait du mal à se représenter ce héros national couvert de gloire au bras de la femme toute de noire vêtue et au chignon austère qui n'avait eu de cesse de fuir ce cocktail.

Rory était lancé, maintenant, et Pascal n'eut pas même besoin de le pousser pour qu'il enchaîne :

— Leur mariage a été l'un des événements les plus médiatisés qu'on ait vus en Irlande depuis des années. Notre équipe de football allait de victoire en victoire. Alana était perçue comme leur porte-bonheur et elle assistait à tous les matchs. Leur couple faisait rêver, et il y a eu une période de grâce… Soudain, elle a tout brisé.

Rory se mordit la lèvre et ajouta très vite :

— Je ne veux pas dire que je la rends responsable de ce qui s'est passé, non, mais, euh…

— Comment cela ? demanda Pascal en fronçant les sourcils, cherchant vainement à se rappeler ce qui était arrivé à Ryan O'Connor.

— Eh bien… Elle l'a plaqué du jour au lendemain, après tout. Sans aucune raison. Et Ryan a déraillé. L'équipe d'Irlande a traversé une période noire, puis il a eu son accident d'hélicoptère. L'appareil s'est écrasé quelques jours avant que le divorce soit prononcé. Nous lui avons accordé ce poste parce qu'elle s'est montrée incroyablement persévérante, très désireuse de l'obtenir. Et personne ne connaît mieux le sport qu'elle. Elle a ça dans le sang : son père appartenait à l'équipe irlandaise de rugby.

Déconcerté, Pascal essayait encore de réconcilier l'image qu'il avait d'Alana avec celle de toutes les petites croqueuses de diamants massées dans la pièce. Il se rappela le choc qui avait été le sien lorsque son chignon s'était subitement défait. Une somptueuse masse de cheveux d'or rouge s'était répandue, faisant apparaître une déesse de sensualité sous ses yeux. Le feu sous la glace.

Un dégoût tenace stagnait en lui, cependant, à l'idée qu'elle ait été une arriviste prête à flirter avec le premier venu pourvu qu'il dispose d'un compte en banque imposant. Et qu'elle le soit probablement encore. Hum… Si elle savait qui il était, à quoi jouait-elle ? Pourquoi refuser de sortir avec lui si elle était en quête d'un statut de princesse oisive ? Bah ! aucune importance. Son objectif était seulement de la séduire. Pour le moment, rien d'autre ne comptait.

Le lendemain, Alana contempla son reflet dans le miroir des toilettes du studio. D'un geste nerveux, elle lissa ses cheveux déjà parfaitement lissés. Elle n'aimait pas se sentir sur des charbons ardents. Poussant un soupir, elle se repoudra avec un soin excessif, afin de dissimuler les ombres sous ses yeux — héritage d'une nuit blanche. Non seulement elle était rentrée tard chez elle, mais elle s'était en plus attelée dès son arrivée à ses recherches au sujet de Pascal Lévêque. Le simple fait qu'elle n'ait pas dû y consacrer plus d'une heure était très éloquent ! Il n'accordait pas facilement des entretiens, et le dernier en date remontait à deux ans. Il était le P-DG de la Banque Lévêque, et avait accédé à ce poste à un âge où la majorité des jeunes rêvent d'un stage. Aujourd'hui, il devait avoir environ trente-cinq ans, et il achetait les unes après les autres des banques afin d'engraisser son empire devenu l'une des plus influentes institutions financières dans le monde.

Une nouvelle fois, Alana s'aperçut qu'elle avait rougi simplement en pensant à cet homme, et elle reprit son poudrier. Elle n'avait pas trouvé grand-chose au sujet de son parcours de jeunesse, ni de ses origines. Une ligne indiquait qu'il était né en banlieue parisienne d'une mère célibataire. Rien de plus.

Elle s'adressa à elle-même un sourire railleur. Il y avait de fortes chances pour qu'il soit marié. Le mariage était la couverture idéale pour les hommes de pouvoir qui aimaient multiplier les conquêtes. Exaspérée, elle regarda sa carnation trop rose et renonça : encore une touche de maquillage, et elle aurait l'air d'un clown.

Les photos disponibles sur Internet ne plaidaient pas en faveur de la thèse du statut marital, songea-t-elle. Il s'agissait presque exclusivement de clichés volés par des paparazzis, où le milliardaire apparaissait au bras d'une femme différente à chaque sortie. Des actrices et des chanteuses connues — mais jamais deux fois la même. Elle avait affaire à un esthète. Un collectionneur, peut-être. À coup sûr un play-boy invétéré — et hors d'atteinte pour une Alana Cusack issue de la classe moyenne et revenue à la classe moyenne.

Cet homme-là était richissime. Puissant. Auréolé de succès. Quand il jouait, c'était pour gagner. À tout point de vue, il incarnait ce qu'elle avait rejeté le plus loin possible, ce qu'elle ne voulait plus jamais voir dans sa vie.

Après avoir rangé sa trousse de maquillage, elle vérifia une dernière fois son apparence dans le miroir. Dans son tailleur-pantalon bleu marine et son chemisier de soie crème entièrement boutonné, elle avait l'air de ce qu'elle était : une professionnelle ne s'intéressant à rien d'autre qu'au travail.

Elle remit en place son collier de fausses perles. Avec un peu de chance, Pascal Lévêque aurait trouvé une jeune femme à son goût, lors de la réception de la veille. Et il se rappellerait à peine l'avoir croisée.

— Allons-y, voulez-vous ? proposa hâtivement Alana, levant à peine les yeux de ses notes lorsque Pascal Lévêque entra dans le studio.

En dépit de ses efforts, elle sentit l'oxygène se raréfier et ses poumons de comprimer. Son sang pulsait avec affolement dans ses artères : c'était la première fois qu'elle se voyait confier un entretien aussi important — l'interview que rêvaient d'obtenir les stars des grandes chaînes. Un attaché de presse lui avait remis une note stipulant qu'elle ne devait poser *aucune* question relevant de la vie privée, qu'il était rigoureusement défendu d'approcher le sujet des relations amoureuses de Pascal Lévêque. Tant mieux ! Ce n'était pas vraiment sur ce terrain qu'elle souhaitait le conduire, et elle ne demandait qu'à en rester aux activités de mécénat sportif du banquier.

Quand il s'installa face à elle, il y avait tant de gens sur le plateau — techniciens, cameramans, maquilleuses — qu'elle put une nouvelle fois l'ignorer. Mais en un rien de temps, ils disparurent les uns après les autres. La gorge nouée, elle sentit le même trouble que la veille l'envahir.

# 3.

Fourmillements, coup de chaleur, tremblement des mains, nœud dans la gorge et papillons dans l'estomac… Alana prit une longue inspiration. Seigneur, il fallait que l'émission commence. La voix de Derek résonna depuis la cabine :

— Encore deux minutes. Un éclairage à régler.

— Très bien, répondit-elle d'une voix mal assurée.

Son compagnon se pencha doucement et demanda d'un ton audacieux :

— La nuit a été longue ? Blanche, peut-être ?

Furieuse, elle jeta un regard rapide autour d'elle, inquiète à l'idée que les preneurs de son aient interprété la question de cet homme comme un signe d'intimité. Bon sang, ils se connaissaient depuis moins de vingt-quatre heures ! De quel droit s'adressait-il à elle de cette façon ?

— Non, répliqua-t-elle d'un ton glacial. Pas spécialement. Et la vôtre ?

Elle voulut se mordre la lèvre, mais il était trop tard pour ravaler ces mots. Quelle imbécile !

Un sourire langoureux se peignit sur les traits fins et racés de Pascal Lévêque. Alana déglutit avec peine. Dans son costume italien, sa chemise immaculée et sa cravate en soie, il avait l'air de ce qu'il était : un homme d'affaires accompli, au faîte de sa gloire, pouvant tout se permettre.

— Moi ? Je me suis couché très tôt avec une tasse de

chocolat chaud et j'ai rêvé de vous. Vous portiez votre tailleur d'hier…

Avant qu'elle ait pu réagir, il poursuivit :

— Je vois que la variation d'aujourd'hui est très subtile. Possédez-vous un costume pour chaque jour de la semaine ?

Impuissante, elle sentit ses joues virer à l'écarlate.

— Parfait, Alana. Nous sommes prêts. Quand tu veux ! lança la voix de Derek.

Retrouvant contenance, elle plaqua un sourire contenu sur son visage et fixa un point sur le mur, juste derrière son interlocuteur. Parfaitement à son aise, elle mena ainsi l'entretien sans jamais croiser son regard. Concentrée sur la liste de questions fournie par la rédaction, elle se contenta d'écouter son invité en hochant gravement la tête. Ce système de défense fonctionnait à merveille. Du moins fonctionna-t-il à merveille jusqu'à ce que, à sa stupéfaction, Pascal ne lâche :

— Je n'ai pas l'impression que vous établissez une véritable connexion avec moi.

— Je… Je vous demande pardon ?

Bien obligée de planter le regard dans le sien, elle le vit esquisser une moue amusée.

— Il me semble que vous êtes lointaine, insista-t-il.

Naturellement, un montage était prévu et l'interviewé pouvait à tout moment interrompre le cours de l'émission. Mais tous les techniciens le réalisateur et Derek suivaient la scène avec fascination. Au comble de la gêne, elle s'efforça de conserver un ton égal pour demander :

— Que puis-je faire pour vous donner une sensation de… euh… de meilleure connexion ?

Il la couva d'une œillade explicite avant de répondre :

— Eh bien si vous pouviez maintenir un contact visuel avec moi, ce serait mieux.

Alana entendit quelqu'un s'esclaffer au sein de l'équipe. Une lame s'enfonça douloureusement dans sa poitrine, en guise de piqûre de rappel. Comme si elle pouvait oublier que tout le monde attendait le moment où elle allait commettre une erreur… Un pâle sourire aux lèvres, elle acquiesça :

— Bien sûr.

Dès lors, l'entretien prit un tour bien différent. C'était ce qu'il avait espéré. Sa stratégie consistait, de toute évidence, à la mettre mal à l'aise, car il n'ignorait pas qu'en lui infligeant son regard, sa présence et son charisme il lui faisait perdre une partie de ses moyens. Aussi posa-t-elle les questions suivantes en ayant le sentiment d'être aspirée dans un champ magnétique d'une puissance redoutable. Ou attirée dans la toile d'une araignée prête à la dévorer vivante.

Dans un geste désespéré, elle voulut reprendre le contrôle et dévia de ses notes, posant une question qui ne figurait pas au programme. Immédiatement, elle perçut la tension de Rory qui, ayant quitté la cabine de production pour rejoindre le plateau, la scrutait depuis l'autre bout de la pièce.

— Comment un enfant de banlieue parisienne en vient à s'intéresser au rugby ? Il me semble qu'en France ce jeu était beaucoup moins populaire que le football, du temps de votre adolescence.

Ce fut au tour de l'attaché de presse et de la conseillère en communication de s'agiter, mais ils n'intervinrent pas. Contrairement aux stars du show-business, Pascal Lévêque devait être du genre à tenir les rênes tout seul.

Pour la première fois depuis le début de l'enregistrement, il ne répondit pas du tac au tac. Le regard qu'il lui adressa la fit frémir.

— Je vois que vous avez mené vos petites recherches, observa-t-il.

Alana se contenta de hocher silencieusement la tête.

— Par mon grand-père, répondit-il alors.

— Votre grand-père ? répéta-t-elle en fouillant ses

souvenirs, même si elle était certaine qu'il ne l'avait jamais mentionné nulle part.

Il confirma en opinant du chef.

— J'étais adolescent quand je suis parti vivre chez lui, dans le sud de la France. Les garçons qui grandissent et la banlieue parisienne ne font pas bon ménage...

Sidérée qu'il lève un coin du voile avec une telle simplicité — tout en laissant deviner d'autres mystères —, elle se demandait encore comment enchaîner lorsqu'il poursuivit :

— Il entraînait l'équipe locale, qui pratiquait une version ancestrale du rugby, intrinsèquement liée à l'histoire de la région. J'en ai conçu une passion pour ce jeu et ses multiples variations.

Il était évident qu'elle venait de toucher à quelque chose d'aussi crucial que personnel, et le regard qu'il lui lançait signifiait qu'en allant plus loin elle risquait de se brûler les ailes. Eh bien justement : elle avait soudain envie de jouer avec le feu.

— Vous n'avez jamais envisagé de devenir vous-même joueur ?

Son regard était passé du brun velouté au noir d'orage, observa-t-elle. Il secoua négativement la tête.

— Je me suis aperçu que mon talent consistait plutôt à me servir de ma tête pour gagner de l'argent. Je laisse les mêlées dans la gadoue aux professionnels.

La gorge d'Alana se serra. Devait-elle comprendre sa dernière phrase comme un avertissement ? L'accusait-il de porter des coups sous la ceinture ? Elle jeta un bref coup d'œil à ses fiches et s'aperçut qu'elle avait posé toutes les questions prévues. Alors qu'elle s'apprêtait à faire un mot de conclusion, il la surprit en annonçant d'un ton ferme :

— Maintenant, j'ai une question pour vous.

Gardant le sourire, elle prit une mine amusée.

— Vraiment ?

— Oui. Accepteriez-vous de dîner avec moi ce soir ?

Alana eut le sentiment d'avoir reçu un coup de massue sur la tête. Cet homme perdait-il la raison ? La caméra tournait. Un courant électrique traversa le studio.

— Voyons, monsieur Lévêque, répliqua-t-elle en s'esclaffant d'un rire qui sonnait faux à ses propres oreilles, je regrette, mais la déontologie m'interdit de confondre le travail et les loisirs. Mon patron ne peut m'y autoriser.

— Ne sois pas stupide, Alana, intervint Rory en approchant d'eux. À situation exceptionnelle, réponse exceptionnelle. Et je ne doute pas que tu seras ravie de témoigner ta gratitude à monsieur Lévêque en acceptant son invitation, *lui qui a si bien honoré la nôtre malgré un emploi du temps très chargé…*

Avec la subtilité d'un bulldozer, son boss la poussait de force dans la gueule du loup, constata-t-elle, impuissante.

Pascal sourit.

— C'est ma dernière soirée à Dublin. Il ne me déplairait pas de voir un peu la ville, et j'apprécie votre compagnie, Alana. Oh ! naturellement, si vous refusez, je comprendrai !

Elle allait s'engouffrer dans cette brèche, mais vif comme l'éclair, il ne lui en laissa pas le temps. Levant les yeux vers Rory, il ajouta :

— Dans ce cas, j'emploierai mon temps libre à visionner cet entretien. Pourrez-vous faire porter la cassette à mon hôtel, afin que je puisse valider tout ou partie de l'enregistrement ?

Alana serra discrètement les poings. Pascal Lévêque avait osé jouer la carte du chantage. Et avec Rory, c'était tout vu, elle le savait. Il avait gagné.

— Ce ne sera pas nécessaire, monsieur Lévêque, déclara-t-elle froidement. Je me réjouis de dîner avec vous.

— Je n'apprécie guère d'être manipulée, monsieur Lévêque.

Pascal jeta un coup d'œil vers la jeune femme qui se tenait bien droite à l'autre extrémité de la banquette tandis que la voiture les conduisait vers un restaurant réputé de Dublin. Il résista à la tentation de se jeter sur elle et de lui prouver à quel point elle pourrait aimer être manipulée par ses mains expertes. Sa posture défensive, la façon dont elle serrait les genoux, tout lui montrait qu'elle sentait, aussi intensément que lui, le courant qui passait entre eux. Au cours de l'interview, alors qu'elle arrimait son fabuleux regard vert au sien, il y avait lu un désir brûlant. Elle pouvait continuer à nier… Il *savait.*

— Le mot est peut-être un peu fort, vous ne croyez pas ? Disons que je me suis montré gentiment insistant.

Elle lui retourna un regard courroucé.

— Il n'y avait rien de gentil dans votre demande. Quant à la menace qui a suivi, elle était claire. Vous étiez prêt à nous retirer tout droit de diffusion sur l'entretien.

— Ce que j'ai encore la possibilité de faire, rappela-t-il.

Elle observa un bref silence avant de demander :

— Vous menez toujours vos affaires de cette façon ?

Comme il s'approchait, elle fit un bond de cabri en se pelotonnant contre la portière. Aucune importance. La courte distance qui les séparait ne l'empêchait pas de savourer la délicatesse de son parfum. Un parfum qui lui devenait presque familier, car il avait passé toute la nuit à le chercher dans sa mémoire pour s'en griser.

— Au risque de vous surprendre, je ne vous considère pas du tout comme une affaire. Et je n'ai pas l'habitude de devoir recourir à la menace pour convaincre une dame de dîner en ma compagnie.

— Oh ! je vous crois sur parole ! dit-elle d'un ton acide. J'ai eu l'occasion d'admirer un extrait de votre tableau de chasse.

— Dites-moi, Alana, pourquoi vous montrez-vous si réticente à passer une simple soirée avec moi ?

« Et vous, pourquoi y êtes-vous si déterminé ? » avait-elle envie de répliquer. Il ne la quittait pas des yeux, et même si elle restait immobile, les mains agrippées au cuir de la banquette, les pulsations de son sang provoquaient un séisme dans sa chair. Le diagnostic était simple à établir. Elle était victime d'un désir surpuissant. Pourtant, elle était aussi en proie à une sorte de faiblesse générale. Un engourdissement dangereux. Que lui arrivait-il ? Pourquoi ce Français produisait-il cet effet sur elle ?

— Parce que… euh… Vous ne m'êtes pas sympathique, lâcha-t-elle.

— Vous ne me connaissez pas assez pour savoir si oui ou non je suis sympathique. De toute façon, la tension qui règne entre nous est d'un autre ordre, vous le savez très bien.

— Mais… Je…

Le souffle court, elle sentit sa main se poser sur la sienne. Une myriade de sensations exquises explosa à la surface de sa peau. Sidérée, elle baissa les yeux sur la paume large et bronzée qui recouvrait la sienne, blanche comme du lait. Il affermit son étreinte et entrelaça les doigts dans les siens.

L'ébullition de son sang l'empêchait de penser. Son cœur battait sur un rythme endiablé. Terrifiée, elle releva lentement les yeux vers lui, sachant qu'elle devait être livide. Jamais Ryan ne lui avait fait éprouver cela. Cette sensation purement charnelle, la peur et l'excitation d'être la proie du carnassier qui la voulait à n'importe quel prix.

Tandis qu'il la contemplait, quelque chose se modifia dans l'atmosphère. L'air devint plus doux. Il sourit et observa :

— J'aime beaucoup quand vos cheveux sont défaits.

— Écoutez, monsieur Lévêque…

— Alana, soupira-t-il en lâchant sa main, ce n'est qu'un dîner. Nous allons manger, bavarder, puis je vous reconduirai chez vous.

Le chauffeur venait de ralentir. Elle jeta un coup d'œil par la vitre : ils venaient de s'arrêter dans St. Stephen's Green, devant l'un des restaurants les plus réputés du monde. Elle tâcha de rassembler ses esprits : il lui suffisait de se détendre un peu, puis elle prendrait un taxi, s'offrirait une bonne nuit de sommeil et n'aurait plus jamais à revoir cet individu.

— D'accord, acquiesça-t-elle.

Lorsque le maître d'hôtel les accompagna jusqu'à leur table, Alana remarqua à quel point sa présence et celle de Pascal Lévêque attiraient l'attention de la clientèle. L'établissement était trop chic pour que les gens osent tourner la tête sur leur passage, mais un silence tomba dans les conversations.

À peine furent-ils installés que son hôte la regarda droit dans les yeux et murmura :

— Vous n'avez pas à vous inquiéter, Alana. Je ne me fais aucune illusion. Vous compartimentez les choses, et vous m'avez définitivement rangé dans la case « Travail ».

Feignant l'étonnement, elle secoua la tête afin de nier, mais il enchaîna :

— C'est évident. Votre insistance pour me rejoindre dans le hall de mon hôtel au lieu de me laisser passer vous prendre, le fait que vous n'ayez pas changé de tenue…

Aucun détail n'avait échappé à sa perspicacité. Vaincue, elle opta pour la franchise.

— Je n'avais pas le temps de rentrer me changer, admit-elle. Et oui, pour moi, cette sortie a lieu dans le cadre de mon travail. Voyez-vous…

Elle poussa un soupir.

— Durant une période de ma vie, j'ai vécu sous le feu des projecteurs, chuchota-t-elle. Je ne veux plus en passer par là. Le simple fait de me trouver ici, en votre compagnie, me place dans une position inconfortable, car je ne veux pas qu'on s'imagine que nous sortons ensemble.

Voilà. C'était dit.

— Hum. !Je vois. Et avec qui sortez-vous, Alana ?

— Avec personne.

— Vous avez bien été l'épouse de Ryan O'Connor, n'est-ce pas ?

Elle n'aurait probablement pas dû s'étonner qu'il le sache, mais se sentit soudain très vulnérable.

— Vous n'avez pas dû chercher bien loin pour le découvrir, assena-t-elle sèchement.

— Pas plus loin que vous, quand vous avez mené l'enquête sur ma vie privée, opposa-t-il.

— C'était dans le cadre de mon travail.

— Puis-je vous rappeler que vos questions ne figuraient pas sur votre liste ?

Tandis que ses joues s'enflammaient, elle s'aperçut que les yeux de Pascal Lévêque lançaient des éclairs.

— En acceptant de répondre à la presse, vous savez parfaitement que vous vous exposez au risque d'entendre des questions personnelles.

— Évidemment, reconnut-il d'un ton agacé. Je ne suis pas si naïf. Pourtant, je ne m'attendais pas à ce genre de coup de votre part.

C'était sans doute ridicule, mais elle se sentit coupable. Il avait raison. Avec n'importe qui d'autre, jamais elle n'aurait pris la liberté de dévier du questionnaire fourni par la rédaction. On lui avait offert de présenter cet entretien et non d'en être la responsable. Si elle avait agi ainsi, c'était parce qu'il avait l'art de la mettre hors d'elle, de la pousser dans ses retranchements. En même temps, elle se rappela à quel point sa question personnelle l'avait désarmé. Pascal Lévêque récitait une sorte de discours tout préparé par son équipe de communication ; soudain, pris au dépourvu, il s'était exprimé en toute sincérité. Et visiblement, il ne le lui pardonnait pas. Alana commençait à se demander si elle n'avait pas enfoncé involontairement un couteau dans une plaie ouverte.

Elle allait revenir sur cet épisode quand le serveur vint prendre leur commande. L'un comme l'autre, ils choisirent le poisson du jour, et Pascal Lévêque sélectionna sans une hésitation une bouteille de vin sur une carte imposante. Dès qu'ils furent à nouveau seuls, il se redressa sur sa chaise et déclara :

— Vous pouvez vous raconter que vous êtes ici pour des raisons professionnelles, Alana, mais je ne vous ai pas fait venir pour parler travail. Je dois même avouer que ce sujet m'accable d'ennui et que j'en envisage beaucoup d'autres, plus savoureux et intéressants…

— Tiens donc. Par exemple ? demanda-t-elle d'une voix chevrotante, éberluée par la rapidité avec laquelle il avait changé de mode.

Alors qu'il s'avouait vaincu un instant plus tôt, il la couvait de plus belle d'un regard ardent. Comme on venait de leur servir le vin, il en dégusta une gorgée et, la bouche sèche, elle l'imita. Au temps pour sa belle résolution de ne pas avaler une goutte d'alcool.

— Par exemple, vous entendre me raconter ce que vous avez fait hier soir, lorsque vous étiez très pressée de quitter la réception, répondit-il.

Par automatisme, Alana se raidit. Mais aussitôt, sans savoir pourquoi, elle eut envie de se dévoiler un peu. Peut-être parce qu'elle ne voyait rien de très compromettant à lui révéler qu'elle avait fêté le quarantième anniversaire de son frère. Qu'elle avait six autres frères et sœurs, et qu'ils s'étaient retrouvés au grand complet chez leurs parents.

— Quoi ? Ils sont *tous* mariés, et ils ont *tous* des enfants ? demanda-t-il, ébahi, lorsqu'elle lui eut parlé de sa fête de famille.

Alana sourit devant sa mine horrifiée. La plupart des

étrangers s'étonnaient que les Irlandais restent si attachés à la tradition de la famille nombreuse. Amusée, elle acquiesça d'un hochement de tête et s'efforça d'ignorer la pénible culpabilité qui remontait à la surface. Pour les siens, elle était une anomalie.

# 4.

— Ma famille est une glorieuse ode à l'institution du mariage, renchérit Alana. Au total, j'ai quinze neveux et nièces, et mes parents ont fêté leurs noces d'or : cinquante ans d'union.

Pascal Lévêque buvait chacune de ses paroles.

— C'est extraordinaire… Où vous situez-vous ?

— Je suis la petite dernière, avec dix ans de moins que le plus jeune de mes frères. Une surprise pour tout le monde. On appelle ça une heureuse erreur. Cette différence d'âge a conduit à une situation paradoxale, car bien que je sois issue d'une famille nombreuse, j'ai quasiment été élevée en fille unique. Dans la plupart de mes souvenirs d'enfance, je figure seule avec mon père et ma mère.

Elle demeura songeuse un moment. Bien sûr, elle était consciente de la fragilité de ses parents vieillissants. La santé de son père prêtait plus spécialement à inquiétude : il avait subi un triple pontage l'année précédente. Avec des frères et des sœurs nettement plus mûrs, accaparés par leurs propres familles, elle était la première responsable du bien-être de ce couple qui ne songeait qu'à la voir casée, comme les autres… Surtout depuis la mort de Ryan.

Les plats se succédèrent, exquis et légers, et elle s'aperçut bientôt que le dîner touchait à sa fin. Elle accepta un second café afin de dissiper un peu les effets du vin — un véritable nectar dont elle avait savouré plusieurs verres sans même s'en rendre compte. Il y avait un long moment qu'elle s'était débarrassée de sa veste et que la soie de son chemisier, en caressant sa peau, lui faisait l'effet d'un contact sensuel. Une sensualité qui ne venait évidemment pas de l'étoffe mais de l'attitude de son compagnon. Attentif, charmant, intéressant, Pascal Lévêque avait su faire filer le temps à la vitesse de la lumière. Fascinée, elle venait de l'écouter lui parler du fameux exploit des rugbymans d'Afrique du Sud, sous la présidence de Nelson Mandela.

— Vous m'avez dit quelques mots de votre famille tout à l'heure, mais et vous ? demanda-t-il lorsque le serveur déposa deux nouvelles tasses devant eux. Que vous est-il arrivé ?

Désarçonnée, elle fronça les sourcils.

— Je ne comprends pas…

— Votre couple… Je crois savoir que vous étiez sur le point de divorcer quand votre époux a disparu, n'est-ce pas ?

Le charme se rompit instantanément, et une chape de plomb tomba sur les épaules d'Alana. D'un geste instinctif, elle reprit sa veste sur le dossier de sa chaise, comme pour revêtir une armure.

— Votre taupe a creusé profond, lâcha-t-elle, acide.

— Non, Alana, ne vous méprenez pas. Je n'étais pas du tout en train de vous juger. C'était une question. Je me doute qu'il a dû vous être extrêmement difficile de vous résoudre à demander le divorce, surtout venant d'une famille telle que la vôtre.

Ses mains restaient agrippées au tissu de sa veste. Elle avait conscience d'être toutes griffes dehors, hérissée telle une chatte attaquée. Il venait de toucher un point sensible et ne risquait pas de connaître ne fût-ce que la moitié de la vérité. En fait, sa propre famille ignorait à peu près tout. Comme le reste des habitants de ce pays, ses parents et ses proches avaient été subjugués par Ryan, puis consternés lorsqu'elle avait souhaité mettre fin à leur union. Son mari ne s'était d'ailleurs pas privé d'exploiter la situation afin de capitaliser davantage de sympathie.

Non sans effort, elle baissa les yeux et enfila sa veste. Puis elle releva la tête vers lui.

— Je préfère éviter ce sujet.

Pascal comprit qu'elle s'était fermée comme une huître. S'il voulait en savoir davantage, il allait devoir se montrer patient. Bon sang ! au cours de ce repas, Alana avait réussi à se détendre. Petit à petit, il l'avait sentie en confiance, et il avait savouré en gourmet l'instant où, ôtant sa veste, elle lui avait laissé deviner la rondeur de ses seins sous son chemisier… Il venait de commettre un impair et devait passer son tour. Pourquoi gardait-elle si jalousement son intimité ? Pascal n'aurait su dire si cette attitude aussi étrange qu'atypique l'inquiétait davantage qu'elle ne l'attirait. Car de toute évidence, il était séduit par le défi que lui lançait Alana Cusack. Plus elle le priait de garder ses distances, plus il avait envie de franchir la ligne blanche. Aucune femme ne l'avait jusqu'alors tant intrigué.

Il ne renoncerait pas. Même si ce soir toute nouvelle tentative était prohibée — sinon, il risquait de la perdre définitivement. Cette partie de chasse allait requérir tout son talent, mais elle en valait la peine.

Affichant son sourire le plus compréhensif, il conclut :

— Bien sûr, je comprends.

Puis il demanda l'addition, et eut l'impression de prendre un direct au creux de l'estomac en lisant un intense soulagement sur le visage de son invitée.

Refusant de tenir compte de ses protestations, Pascal Lévêque insista pour la déposer chez elle. Depuis le centre-ville de Dublin, le trajet ne prit pas plus de dix minutes. Nichée dans un quartier historique de la ville, sa maison était un minuscule cottage en bordure d'un joli square arboré, ceint de ruelles : la berline était trop imposante pour s'arrêter en double file. Tandis que le chauffeur cherchait une place, Alana annonça qu'elle allait parcourir la faible distance à pied. L'entêtement de son compagnon à la faire attendre la décida à quitter le véhicule. Hélas ! il était aussi rapide qu'elle et la rejoignit à l'extérieur afin de l'escorter jusqu'à son domicile, en parfait gentleman.

Des frissons électrisèrent sa nuque lorsqu'ils atteignirent en silence le seuil de sa porte. Il restait à côté d'elle, sans bouger. Si près qu'elle en avait le vertige. Allait-il chercher un prétexte pour entrer ? Ou pis, essayer de l'embrasser en lui souhaitant une bonne nuit ?

La gorge sèche, elle se tourna vers lui. Quelques centimètres les séparaient. Un rayon de lune éclaira le visage diaboliquement séduisant de Pascal Lévêque. Son regard était sombre, grave. Une mèche rebelle tombait sur son front. En février, l'air nocturne cinglait mais c'était tout juste si Alana percevait sa fraîcheur. Elle songeait seulement que si cet homme magnétique l'attirait dans ses bras, elle n'aurait pas la force de lutter. Une faiblesse générale s'emparait d'elle. C'était à cause du vin, bien sûr — exquis, irrésistible et traître. Et du fameux charme français.

Le cœur battant à se rompre, elle le vit approcher encore. À sa surprise, lorsqu'il se pencha ce fut pour prendre sa main dans la sienne. Il la porta à ses lèvres et, comme lors de la grande réception, la baisa avec une délicatesse déconcertante. Ce geste vieux jeu alluma un brasier en elle. Tous ses sens étaient en émoi alors que, sans un mot, il venait de tourner les talons. Il avait pratiquement atteint la ruelle quand elle le rappela.

— Attendez !

Il fit volte-face.

— Euh, je… Je voulais juste vous remercier pour ce dîner, balbutia-t-elle.

La démarche flegmatique, il revint vers elle, arrimant au sien son regard luisant de mille éclats dorés.

— De rien, Alana. Mais ne vous faites pas d'illusions. Nous n'en avons pas terminé, vous et moi. Nous nous reverrons, soyez-en certaine.

Sur ces mots, il disparut en direction de la berline. Alana garda les yeux rivés sur le long véhicule noir jusqu'à ce qu'il eût quitté le square.

Des sentiments contraires l'assaillirent. Elle avait beau nier l'évidence, se répéter continuellement que cet homme lui était indifférent… Elle savait que ce n'était pas la vérité. En cet instant, elle éprouvait autant de soulagement que de regret, et si la voiture n'avait pas été loin, déjà, elle aurait peut-être couru à sa poursuite.

L'épreuve de son mariage avec Ryan O'Connor l'avait changée. Les ruines au cœur desquelles elle tâchait de se reconstruire, depuis la mort du champion national, lui avaient appris à se protéger. Un goût acide remonta le long de sa gorge. Elle avait déçu tout le monde, à commencer par ceux qui lui étaient le plus chers : ses parents, sa famille. C'était bien assez difficile à porter. Il avait fallu s'endurcir. Désormais, elle savait si bien repousser toute avance d'un homme que c'était devenu une seconde nature. Aussi tremblait-elle à l'idée d'avoir été si près de se laisser embrasser — et même de l'avoir *désiré* ! En vingt-quatre heures, un inconnu était parvenu à ce résultat ? Elle frémit. Sa réputation de femme de glace n'avait sans doute rien de flatteur, mais elle y tenait. C'était son armure. Une armure que, ce soir, un certain Pascal Lévêque avait sévèrement craquelée.

Le lendemain matin, dans la cuisine de poupée où elle avait appris à cultiver une certaine paix intérieure, Alana dégustait son thé. Elle se sentait moins anxieuse, moins fébrile que la veille, lorsqu'elle s'était couchée pour chercher longuement le sommeil. Il suffisait qu'elle rentre dans son cottage grand comme un mouchoir de poche pour recouvrer le contrôle de sa vie. C'était *ici* qu'elle *vivait*. Cet espace étriqué était sa réalité.

Elle n'avait pas pu s'offrir mieux après l'accident de Ryan. Car non, contrairement à ce que tout le monde supposait, son cher époux, mascotte d'Irlande, ne lui avait pas laissé des millions en héritage. Loin de l'image de la sublime veuve en lunettes noires qui essuie de fausses larmes en admirant son reflet dans sa piscine de star, Alana avait dû honorer seule les dettes accumulées par Ryan au cours de leurs cinq années de mariage. Avec le temps, les blessures de son cœur avaient fini par se refermer. Quant à son portefeuille, c'était une autre histoire. Les mensualités qu'elle versait à la banque pèseraient encore de longues années sur sa vie, hypothéquant son avenir, même si elle travaillait dur — privée de l'espoir de s'offrir mieux que cette maison minuscule. La vente de la somptueuse demeure du quartier de Dalkey n'avait même pas suffi à couvrir le dixième de ce que Ryan aurait dû rembourser.

Alana termina sa tasse de thé en grimaçant. La fierté était une malédiction, elle le savait, mais il était parfois difficile de la distinguer de la dignité la plus élémentaire. Aussi, elle n'avait jamais pu s'ouvrir de sa situation à quiconque. De toute façon, durant sa vie conjugale, elle n'avait fait de confidence à personne non plus. Stoïque, elle gardait pour elle vexations, humiliations et traîtrises. Sauf le jour où, en rentrant chez elle, elle avait trouvé Ryan dans *leur* lit avec trois call-girls. Tous avaient pris de la cocaïne — alibi que Ryan n'avait pas hésité à invoquer pour justifier qu'elle les ait surpris en pleine activité au domicile conjugal ! Un « domicile conjugal » qui avait certes perdu toute réalité : à l'époque, il y avait déjà trois ans qu'ils faisaient chambre à part.

Cette fois, Alana avait su qu'elle ne pouvait plus continuer à jouer la comédie. La pression qu'elle subissait à sauvegarder les apparences l'avait poussée à bout : claquant la porte, elle était partie demander le divorce.

C'était compter sans la fourberie de son époux, qui s'était aussitôt assuré de présenter une version des faits à son avantage. En insistant pour s'installer lui-même ailleurs, il avait ensuite prétendu qu'elle l'avait purement et simplement jeté dehors. Alana se reprochait encore sa naïveté. Elle aurait dû se douter qu'en lui offrant de rester dans la villa Ryan n'obéissait guère à un subit instinct de générosité. Ne l'avait-il pas habituée aux pires coups bas ? Dès qu'ils s'étaient mariés, il avait changé du tout au tout, cessant d'investir ses forces dans sa carrière pour se vautrer dans l'existence dépravée d'une rockstar.

Le simple fait d'admettre qu'elle s'était fourvoyée l'avait brisée. Incapable de se confier, elle s'était peu à peu murée dans le silence et la solitude. Même si elle avait voulu révéler la vérité à sa famille, la santé déclinante de son père l'en aurait dissuadée. Sa pauvre mère se consacrait entièrement à la convalescence de son époux, et à la même époque sa sœur Maire avait entamé son combat contre un cancer du sein. Alana demeurant alors la seule fille sans enfant de la fratrie, elle s'était installée chez elle pour s'occuper de ses trois neveux et de son beau-frère tandis que Maire suivait son traitement en clinique spécialisée. Durant cette période, ses problèmes conjugaux étaient passés à l'arrière-plan, et elle avait été soulagée de pouvoir se rendre utile pendant que le divorce était conclu.

Ainsi, Pascal Lévêque avait touché le point sensible, lors de leur dîner. Oui, l'échec de son union s'était révélé d'autant plus difficile qu'elle venait d'une famille où cela n'arrivait jamais. Une famille où elle demeurait la seule fille à causer tant d'inquiétude à ses parents. Encore aujourd'hui, elle était mortifiée d'avoir à ce point manqué de jugement. De toute évidence, dès qu'un homme faisait vibrer son cœur, elle ne pouvait plus se fier à elle-même. Pascal Lévêque produisait sur elle un effet tel qu'elle devait d'ores et déjà en tirer toutes les conséquences et garder ses distances.

D'un geste brusque, elle enfila son manteau et prit ses clés. Elle ne voulait plus perdre de temps à songer à tout cela. Avec un peu de chance, le milliardaire français avait déjà oublié la petite Irlandaise qui avait piqué sa curiosité le temps d'une parenthèse à Dublin, et le chapitre était clos.

Trente-six heures. Il s'était écoulé trente-six heures depuis que Pascal avait retrouvé son bureau à la Défense, et il jeta un regard courroucé sur la Grande Arche, par la baie vitrée dominant Paris : Alana Cusack refusait de quitter son esprit.

C'était inhabituel. En règle générale, il savait très bien compartimenter, mettre de côté ses divertissements. C'était d'autant plus aisé que les femmes qu'il fréquentait ne faisaient qu'un bref passage dans sa vie, le temps de deux ou trois soirées. Trop rapidement, il repérait dans leurs yeux une attente, un espoir. Et il préférait passer à une nouvelle conquête. Pas d'attachement, pas de liens — telle était sa devise.

Or, depuis plusieurs jours, le visage sévère d'une jeune femme au regard d'émeraude le hantait. Une femme au chignon couleur de feu, dissimulant sa frêle silhouette sous les tailleurs les plus stricts, semblait débrider son désir et faisait de ses nuits une torture. D'où venait cette maladie ? Comment avait-elle accompli ce prodige ? Son obsession s'expliquait-elle exclusivement par l'attitude revêche et glaciale de l'Irlandaise au teint diaphane ? Le fait qu'elle ait été mariée attisait peut-être son goût du défi. Ou alors, il avait envie de savoir comment son union avait pu lui léguer tant de cicatrices. C'était à peu près la seule chose dont il était certain au sujet d'Alana — semblable à un chat sauvage, toujours sur la défensive, elle avait été profondément blessée. Aimait-elle toujours son mari ?

Énervé, Pascal se passa une main dans les cheveux. Assez ! Il appela son assistante, et Nathalie vint aussitôt noter ses instructions. Avec l'air impassible de la vraie professionnelle pour qui aucune demande du patron ne sort de l'ordinaire, elle enregistra chaque consigne et se garda de tout commentaire.

Mais Pascal, lui, n'avait pas besoin de jouer cette comédie. Inutile de le nier : ce qu'il s'apprêtait à faire n'avait rien d'*ordinaire*.

— Il y a eu une livraison pour toi, Alana. C'est sur ton bureau.

— Merci, Sophie, répondit distraitement Alana en rentrant de son déjeuner de travail.

Elle releva la tête pour sourire à l'assistante de rédaction, et son expression s'évanouit dès qu'elle aperçut le regard moqueur de sa collègue.

Le cœur battant, elle ouvrit la porte de son bureau et y trouva le plus gigantesque bouquet de fleurs qu'elle eût jamais vu — un fantastique chatoiement de roses dans un camaïeu de couleurs vives et délicates. De stupeur, elle laissa tomber à terre le dossier et le stylo qu'elle tenait en main. Puis, tremblante, elle saisit l'enveloppe glissée au cœur du bouquet et en tira une luxueuse carte où figurait seulement, calligraphié à la plume, le mot « Je ».

Troublée, elle resta songeuse quelques instants. Elle redoutait — et elle désirait — que ce soit *de lui*. En même temps, il fallait admettre que le geste et le message demeuraient assez énigmatiques pour autoriser n'importe quelle supposition. Une erreur, peut-être ?

Personne n'osait l'approcher de trop près, depuis le décès de Ryan, et c'était la première fois qu'elle recevait des fleurs de la part d'un « mystérieux admirateur ». Même le jeune journaliste qui couvrait les compétitions d'athlétisme et avait avoué, fin soûl, qu'elle lui plaisait beaucoup, au terme de la soirée de Noël très arrosée à la chaîne, n'avait jamais donné suite à cet épanchement.

Ce n'était pas son anniversaire. Et il y avait longtemps qu'elle n'avait pas offert une excursion de rêve dans un parc à thème à ses neveux, justifiant que les parents, aux anges, la remercient par ce genre de cadeau.

Durant le reste de la journée, Alana fut distraite par ce mystère, et elle préféra attendre le soir, que la rédaction soit déserte et la nuit tombée, pour emporter son somptueux bouquet chez elle.

Le lendemain, dès 8 h 30, alors qu'elle parvenait à son étage, Sophie l'accueillit d'un sourire taquin.

— Bonjour Alana ! Tu as reçu quelque chose, ce matin.

Une délicieuse excitation se mit à courir dans ses veines, et Alana se précipita dans son bureau avant de s'y enfermer.

Un autre bouquet ! Différent de celui de la veille. Plus exotique, dans une gamme de couleurs orangées moins classique — et tout aussi extravagant que le premier. Ses mains étaient moites lorsqu'elle ouvrit l'enveloppe pour lire, de la même écriture : « vais ».

Une légère ivresse s'empara d'Alana lorsqu'elle s'installa à sa petite table de travail dans son salon en rentrant chez elle, le vendredi après-midi. Sa maison était trop exiguë, et elle avait dû laisser dans son bureau les trois derniers bouquets dont les effluves lui faisaient tourner la tête. Les cinq cartes étaient désormais alignées les unes à côté des autres et formaient la phrase « Je vais vous voir vendredi. »

La dernière lui avait donné des papillons dans le ventre lorsqu'elle l'avait découverte, quelques heures plus tôt. Car le message était très habilement tourné : il avait fallu qu'elle attende le dernier mot pour frémir d'impatience. Un fourmillement qui ne la quittait plus, et qui n'était pas si désagréable…

Naturellement, puisqu'il songeait à un tête-à-tête, il avait prévu de la retrouver ce soir. Alana n'était pas certaine du tout d'y être prête. Elle envisageait de se réfugier au cinéma ou n'importe où à Dublin sauf chez elle, où il ne manquerait de venir la chercher. Pourtant… Cette démarche romantique, les fleurs, le fait qu'il se donne la peine de venir jusqu'en Irlande pour la voir — elle ne pouvait s'empêcher d'être touchée.

Perdue dans sa rêverie, elle fit un bond sur son siège quand la sonnerie de son mobile retentit.

— Allô ? fit-elle la gorge sèche, le cœur battant déjà la chamade.

— Qu'est-ce que c'est que cette histoire entre Pascal Lévêque et toi ? gronda la voix puissante d'Ailish, l'aînée des filles Cusack.

Alana poussa un long soupir. Toujours très autoritaire, sa sœur avait l'art de lui hérisser le poil. Bien sûr, elle était animée des meilleures intentions, mais elle manquait de finesse et pouvait se montrer brusque.

— Oui, eh bien ? De quoi parles-tu ? répliqua-t-elle.

Un carillon résonna. Celui de la porte d'entrée.

— Oh ! mais de rien voyons ! Ma petite sœur dîne avec l'un des célibataires les plus convoités du monde, et c'est tellement banal…

— Mais… Comment le sais-tu ? balbutia Alana, désarçonnée.

Comme on sonnait toujours à la porte, elle se leva.

— Parce que la nouvelle est imprimée dans tous les tabloïds du jour, ma puce.

Blême, elle se demanda comment elle avait pu ne pas s'en apercevoir plus tôt. Quelqu'un, à la rédaction, aurait vendu le scoop, quand bien même ce n'en était pas un. Seigneur, tant de gens la détestaient… Et il n'y avait pas besoin d'être voyante extralucide pour deviner d'où venaient tous les fantastiques bouquets livrés chaque matin dans le bureau de la reporter en charge du rugby !

— Écoute, je me suis contentée de l'interviewer, et il m'a invitée à dîner avant de repartir. C'est tout, prétendit-elle en détournant le regard de son salon transformé en serre.

À l'autre bout de la ligne, sa sœur se racla la gorge.

— Bon. J'espère seulement que tu ne t'apprêtes pas à engraisser la presse des exploits de ce Casanova. Tu imagines la tête de maman ou de papa s'ils tombaient sur ce genre de chose ? Ils ont déjà été bien assez secoués quand tu as fichu Ryan dehors, et…

Ces paroles firent trembler Alana de tous ses membres. Insistante, la sonnette retentissait de plus belle, et elle ne l'entendit pas. Elle était malade d'avoir infligé cette épreuve à ses pauvres parents. Et furieuse que sa propre sœur veuille rester aveugle à son malheur.

— Ailish, ce que je fais et qui je fréquente, ce ne sont pas tes affaires. Est-ce que je me permets des commentaires sur ton mariage avec Tom ?

— Ce n'est pas mon couple qui s'est retrouvé au centre de l'attention du pays, rappela sèchement son aînée.

Alana sentit cette fois son sang ne faire qu'un tour.

— Maintenant, ça suffit ! Je te le répète : cela ne regarde que moi. Je suis une adulte, je fais ce que je veux, je vais où je veux et je m'envoie en l'air avec qui je veux !

La porte d'entrée s'ouvrit sur le salon et, médusée, elle vit apparaître Pascal Lévêque sur le seuil de la pièce, plus séduisant et dévastateur que jamais. Soudain, l'oxygène se raréfia, et elle sentit ses bronches se comprimer. Malgré elle, elle laissa tomber l'appareil sur le sol.

— Alana ? Alana ?

Pascal Lévêque se baissa prestement, ramassa le combiné et le lui tendit.

Incapable de le quitter des yeux, elle conclut d'une voix à peine audible :

— Oui, euh, Ailish, euh… Un visiteur vient d'arriver. Je te rappellerai.

En mettant fin à la communication, elle comprit ce qui venait de se passer : la fuite n'était plus envisageable.

Elle était prise au piège.

# 5.

Au moment où Alana se trouva seule face à Pascal Lévêque, le choc s'était dissipé mais, sur la défensive, elle croisa les bras et lui décocha un regard noir.

— La conversation que je viens d'avoir n'aurait jamais dû avoir lieu. Et c'est entièrement votre faute !

Il inclina la tête. Dans la pièce étriquée où ils se trouvaient, il paraissait plus grand, carré — plus imposant encore que dans son souvenir.

— J'en suis sincèrement navré, répondit-il, un sourire amusé au coin des lèvres. Mais je n'ai rien entendu d'autre que votre dernière phrase, et je ne comprends pas très bien en quoi je suis responsable. Je suis absolument certain que nous ne nous sommes pas encore « envoyés en l'air ».

De toutes ses forces, elle tâcha de conserver une expression imperturbable alors qu'elle se sentait rougir jusqu'à la racine des cheveux.

— Comment se fait-il que notre dîner de la semaine dernière se retrouve dans le journal aujourd'hui ? demanda-t-elle d'un ton accusateur.

Il ne la quittait pas des yeux. Il l'hypnotisait.

— Je n'en sais rien. Vous me l'apprenez. Mais je vous rappelle qu'il y avait d'autres clients qui dînaient autour de nous et qu'au studio de télévision deux ou trois personnes ont pu m'entendre vous inviter.

— Deux ou trois ? répéta-t-elle en riant jaune. Toute

l'équipe, vous voulez dire ! C'est même enregistré avec l'entretien !

Avec un flegme déconcertant, il retira son magnifique pardessus noir et, tel un magicien, sortit une bouteille de vin de nulle part. La gorge nouée, elle baissa les yeux sur ses longs doigts fins et bronzés serrés sur le grand cru. Des doigts qui s'étaient mêlés aux siens, sur le siège de la banquette… Une douce chaleur inonda son bas-ventre et la plaça au comble de la gêne.

Comme elle affichait forcément une expression désespérée, il déclara :

— Nous pouvons nous rendre où il vous plaira, Alana. Mais je me suis donné du mal pour venir jusqu'ici. Il n'y aura pas d'échappatoire.

— Mais je… Qu'est-ce que vous voulez ?

Un sourire irrésistible se peignit sur ses traits.

— Déguster ce vin avec vous ici. Parler. Ou vous emmener au restaurant, si vous préférez.

Tout en lui jetant un regard suspicieux, elle hésita. Sortir signifiait s'exposer à la curiosité. Et elle parviendrait probablement à se débarrasser plus vite de lui s'ils restaient ici.

— C'est vendredi soir, rappela-t-elle. Les meilleures adresses affichent complet.

Sans mot dire, elle se dirigea dans la petite cuisine, attenante au salon, et prit deux verres dans un placard. Du coin de l'œil, elle ne put s'empêcher de l'observer. Il venait de mettre les mains dans ses poches. Il portait un pantalon de costume et une chemise blanche au col ouvert — comme s'il avait jeté sa cravate en chemin. Il sortait du travail. Possédait-il son propre jet ? Elle avait du mal à l'imaginer en train de faire la queue à l'aéroport, au milieu des touristes.

— Je vois que vous avez reçu mes fleurs, observa-t-il.

— Oui, merci, répondit-elle, les joues en feu, fouillant un tiroir en quête d'un tire-bouchon.

Mince, avait-il aperçu les cinq cartes alignées sur son bureau ?

— Comme vous pouvez le constater, la maison est trop petite pour toutes les contenir, précisa-t-elle.

Il acquiesça. Il balayait le salon d'un regard qui trahissait sa perplexité, car il ne s'attendait sans doute guère à trouver la veuve de Ryan O'Connor dans une boîte à chaussures.

— J'espère que ces bouquets ne vous ont pas embarrassée, Alana. Ma seule intention était de vous prouver que je pensais ce que je vous ai dit, lorsque je vous ai promis que nous allions nous revoir. Je n'avais pas votre numéro de téléphone, alors…

— Ce n'est rien. N'y pensez plus. Les pensionnaires de la maison de retraite au coin de la rue sont enchantés, ils ont récupéré l'autre moitié du parc floral que vous m'avez envoyé, révéla-t-elle d'un ton brusque en ouvrant la bouteille.

Elle regretta aussitôt ce mensonge. Elle n'aimait pas se montrer ingrate. Mais une tension effroyable pesait dans la pièce depuis son arrivée, et elle ne savait comment recouvrer son sang-froid.

Une nouvelle fois, il arrima son puissant regard au sien quand elle lui tendit son verre.

— Santé, souffla-t-il d'une voix enjôleuse.

— Tchin ! répondit-elle très bas.

Dès que le vin caressa son palais, une sensation délicieuse courut dans son corps.

— J'allais me faire à manger, reprit-elle. Vous voulez, euh… partager mon humble repas ?

— Volontiers. Je meurs de faim.

Il sourit, et elle l'invita à s'installer sur le canapé pendant qu'elle retournait à la cuisine.

— Je n'ai rien de très folichon à vous proposer, s'excusat-elle en songeant aux repas divins qu'il devait savourer à Paris. Une simple sole.

— C'est parfait. Merci.

Elle devait admettre qu'il faisait tout pour la mettre à l'aise et se montrait aussi courtois que discret. Rassérénée, elle alluma le four et mit quelques pommes de terre à bouillir. Lorsqu'elle revint vers lui, elle le trouva occupé à examiner sa collection de CD.

Tandis qu'il en choisissait un, elle avala une nouvelle gorgée de vin. Dès que les premières notes d'un air de jazz très romantique résonnèrent, elle s'arma de tout son courage pour ignorer le trouble qui la submergeait.

— Vous ne voyez pas d'inconvénient à ce que je prenne la liberté de mettre de la musique ? demanda-t-il.

Elle leva les yeux vers lui. Sa chemise laissait deviner son large torse, ses épaules rondes, sa musculature.

— Mais, euh, non… Pas du tout.

Oh ! Seigneur…

Manger avec l'assiette en équilibre sur les genoux, parce qu'elle n'avait pas de salle à manger et que la table basse était beaucoup trop petite — c'était presque un pique-nique. Elle s'en excusa encore auprès de lui en débarrassant les couverts. Son hôte avait toutefois réussi à détendre merveilleusement l'atmosphère. Ils venaient d'aborder toutes sortes de sujets : livres, films, la politique française, le tournoi des Six-Nations et le rugby. Alana s'était surprise à lui parler spontanément de la carrière de son père. Comme toujours lorsqu'elle l'évoquait, sa voix vibrait d'admiration et de fierté. Étrangement, elle avait cru discerner une pointe d'envie dans les yeux de Pascal Lévêque. Avait-il un jour songé à devenir lui-même rugbyman ?

Comme elle revenait s'asseoir sur le canapé à côté de lui, elle le vit jeter un coup d'œil à sa montre.

— Je crains de devoir vous quitter, soupira-t-il.

Ces paroles provoquèrent un séisme en elle. Intérieurement, elle aurait dû jubiler, étouffer un cri de joie, se sentir infiniment soulagée… Or, son cœur battait sur un rythme affolé, tandis qu'une chape de déception l'accablait de tout son poids.

— Ah ? Oui… J'imagine que vous avez beaucoup à faire.

— J'ai d'importantes réunions à présider tout le week-end. C'est d'un ennui mortel, inutile de vous en dire davantage, mais le fait est que je dois rentrer ce soir.

Il s'approcha d'elle, plongeant le regard dans le sien. Des frissons la parcoururent. Le canapé semblait tout petit. Le pied du guéridon l'empêchait de s'écarter. Une boule de chaleur se formait au creux de son estomac, et elle ignora le courant électrique qui la traversait.

— Rentrer… À *Paris* ? Maintenant ?

Il acquiesça en silence.

Le rythme de son cœur s'emballa une nouvelle fois. Il avait donc fait le déplacement en Irlande *uniquement pour elle*. Pour la voir quelques heures. C'était… vertigineux.

— Mais je… C'est que…

Ne sachant que dire, elle le dévisagea, et comprit que son choc se lisait sur ses traits. Il était maintenant si proche qu'elle ne pouvait plus échapper à l'emprise de son regard hypnotique. Son parfum masculin l'enveloppait dans un nuage de désir.

— Je m'étais promis de ne surtout pas faire cela maintenant, dit-il d'une voix douce. Mais… Je n'ai pas la force de résister. Vous m'ensorcelez comme je ne l'ai jamais été auparavant. Toute la semaine, je me suis demandé quel effet ça ferait.

La gorge en feu, elle déglutit lentement.

— Quoi donc ? murmura-t-elle.

— De vous embrasser.

Lorsqu'elle le vit se pencher doucement sur elle, elle ferma les yeux. Ses lèvres l'effleurèrent avec une telle légèreté qu'elle frémit. C'était plus aérien que le passage d'un papillon. Pourtant, son corps tout entier s'était embrasé. Des vertiges exquis l'emportaient ailleurs. Et elle avait follement, désespérément envie qu'il aille plus loin.

Comme sourd à sa supplique, il poursuivit sa lente torture, passant et repassant les lèvres à la surface des siennes. Alana prit alors les devants et glissa la main dans sa chevelure afin de l'attirer plus étroitement contre elle. Elle savoura le contact de cette soie brune sur sa peau. Enfin, il glissa un bras autour de sa taille, et elle répondit avec ferveur à son étreinte.

Peu à peu, elle s'enhardit, et la bouche de Pascal se fit plus invitante. Leur baiser, enivrant de délicatesse, se mua en élan passionné. Maître du jeu, et expert dans l'art d'attiser le désir, son redoutable partenaire prenait tout son temps. Lorsque, enfiévrée, Alana sentit sa langue s'enrouler voluptueusement autour de la sienne, un feu d'artifice de sensations explosa dans sa chair. C'était comme si elle était embrassée pour la première fois — ou peut-être avait-elle reçu un coup de baguette magique la ramenant à ses quinze ans, car son corps réagissait avec une telle ardeur, une telle soif qu'elle ne le reconnaissait plus ! Des crampes de désir lui remontaient le long des cuisses, et ses seins gonflés tendaient l'étoffe de son chemisier. Malgré elle, un gémissement lui échappa. Un gémissement sans équivoque : une plainte, une prière.

Faisant courir les doigts sur la nuque de son compagnon, elle bascula légèrement sur lui, et dès qu'elle sentit ses mains se poser sur ses hanches, sa taille, puis remonter vers sa poitrine, le volcan s'alluma. C'était si fort, si incomparable à ce qu'elle connaissait que sa peur rejaillit tout d'un coup.

— Je… Je ne veux pas ça, lâcha-t-elle, essoufflée, en s'arrachant à ses lèvres.

— Menteuse. Je viens de vous prouver le contraire. Vous avez envie de moi. *Très* envie de moi.

Comme elle restait rouge et haletante face à lui, il enchaîna :

— Vous auriez pu balancer les fleurs par la fenêtre. Donner pour consigne au livreur de les renvoyer. Vous pouviez me claquer la porte au nez en me voyant apparaître chez vous ce soir. Et vous ne l'avez pas fait.

Accablée de confusion, Alana savait que c'était la vérité. Il lui aurait été facile de l'envoyer au diable si elle l'avait *réellement* souhaité. Elle ne lui devait rien, n'avait plus d'obligation professionnelle envers lui. Or, elle l'avait invité à dîner et, une minute plus tôt, elle était pratiquement en train de se jeter sur lui ! Quelle mouche la piquait ? Elle n'avait donc pas retenu la leçon ?

— Malheureusement, je dois partir. J'aimerais pouvoir rester mais c'est impossible. Vous voulez m'accompagner à Paris ? Non, c'est trop tôt, conclut-il sans lui laisser une chance de répondre.

Médusée, elle le regarda se lever, rajuster sa chemise dans son pantalon et se passer une main dans les cheveux. Était-il possible qu'il n'entende pas les battements lourds de son cœur, en cet instant ? Ses sens demeuraient en tumulte, le désir bouillonnant dans ses veines. Elle avait chaud.

— Vous devez bien couvrir le match qui aura lieu la semaine prochaine au stade Flaminio ? demanda-t-il.

Soulagée par cet abrupt changement de sujet, elle hocha vivement la tête.

— Oui, en effet.

Il lui retourna un regard magnétique.

— J'ai un appartement à Rome. Rejoignez-moi vendredi soir, et passons le week-end ensemble. Moi aussi, je dois assister au match que ma banque sponsorise, ainsi qu'à un gala de charité qui aura lieu le samedi. J'aimerais que vous acceptiez de m'y accompagner.

Sans même réfléchir, Alana refusa.

— Mon billet pour le vol du samedi matin est déjà pris, annonça-t-elle. Je pars avec l'équipe, et nous rentrons le lendemain matin. Tout est organisé.

— Et alors ? Vous vous contentez toujours de ce qui a été prévu ? opposa-t-il avec une gentillesse qui la déstabilisa davantage encore.

La honte l'étrangla. Non, elle n'avait pas toujours été aussi conventionnelle, aussi rigide et collet monté. À une époque pas si lointaine, elle était une jeune fille joyeuse et avide de liberté. C'était, du reste, parce qu'elle avait cru voir en Ryan un être adorable et espiègle qu'elle l'avait épousé. Grave erreur de jugement. Il n'éprouvait pas plus de passion pour elle que pour la vie en général. En fait, Ryan aimait l'argent, la célébrité et les avantages sociaux afférents. Dès que sa chance avait tourné, il s'était abîmé dans l'autodestruction, n'hésitant pas à écraser dans un même élan la femme qu'il avait promis de chérir et de protéger. Au bout de cinq ans d'enfer, Alana était devenue l'ombre d'elle-même.

Elle leva un regard perdu vers Pascal.

— Je vous enverrai mon jet, ajouta-t-il en plantant son fabuleux regard dans le sien.

— Mais… C'est de la folie.

— Il vous attendra à l'aéroport de Dublin vendredi soir pour vous conduire à Rome, et vous me feriez un immense plaisir en acceptant de séjourner chez moi. Il va de soi que vous serez libre de vos mouvements à tout instant. Personne, et surtout pas moi, ne vous forcera à faire quoi que ce soit qui ne vous tente pas.

Étourdie par cette proposition, elle ne savait que répondre. Elle resta muette, incapable de détacher les yeux des siens.

— Voici toutes les informations, ajouta-t-il en lui

tendant une carte. Mes numéros de téléphone et celui de mon assistante. Si vous choisissez de venir, vous n'avez qu'à l'appeler, et elle vous dira comment faire. C'est très simple.

Oh oui « très simple ». Et elle serait livrée à Pascal Lévêque en express, par jet privé ! Il ne manquerait que le paquet cadeau.

Déjà, il enfilait son manteau, et elle posa la carte sur le guéridon avant de le suivre. Comme par magie, dès qu'elle lui ouvrit la porte, une voiture apparut dans la rue.

Elle avait du mal à le croire : il partait. Et un instant plus tard, elle resta seule sur le perron, la brise nocturne lui fouettant les joues. Tout son système de défense venait de s'effondrer. Pourtant, il n'était pas question qu'elle accepte son offre. Oh non ! pas question !

Sa résolution, ferme et définitive, résonnait ironiquement dans sa mémoire au moment où, installée dans une luxueuse berline, Alana quittait le centre-ville de Dublin. En dépit de l'enfer des embouteillages, inévitables un vendredi soir, la voiture filait insolemment vers l'aéroport.

Toute la semaine, cette folie était restée incrustée dans un coin de sa tête et, la veille, en mode automatique, elle s'était surprise à faire sa valise, comme s'il n'existait aucune autre option. Puis, ce matin, elle avait annoncé au responsable administratif qu'elle effectuait le voyage à Rome par ses propres moyens. En effet, ça avait été « très simple ». L'assistante de Pascal, ne trahissant pas une once de surprise, lui avait indiqué comment retrouver le chauffeur qui passerait la prendre. Un jeu d'enfant.

Et maintenant, où en était-elle ? De toute évidence, elle s'apprêtait à devenir la nouvelle maîtresse de Pascal Lévêque. Or, cette perspective qui aurait dû l'inciter à ouvrir immédiatement la portière et à prendre ses jambes à son cou ne l'effrayait pas le moins du monde.

Le jet était tellement rapide et confortable que le trajet s'écoula en un clin d'œil et, en posant le pied sur le tarmac à Rome, Alana repéra une nouvelle berline. L'appréhension commençait à la gagner. Elle ne s'était pas changée et portait toujours son uniforme de travail, un tailleur très strict — son armure. Les dents serrées, elle sentit ses phalanges s'écraser sur la poignée de sa valise. Seigneur, est-ce qu'elle ne venait pas de commettre la plus stupide erreur de…

Soudain, elle le vit. Il l'attendait au bas des marches. Il portait un jean, paraissait détendu et était… d'une séduction renversante.

Le cœur battant à se rompre, elle le rejoignit. Il souriait, mais ne chercha nullement à la toucher, et son visage n'exprimait pas la victoire, seulement le plaisir. Elle se sentit infiniment soulagée.

— Donnez-moi cela, proposa-t-il aimablement pour qu'elle lui tende son bagage.

Elle s'exécuta. Elle se sentait si ridicule, avec sa cravate et sa jupe crayon qui lui tombait à mi-mollet…

— Merci, murmura-t-elle. Je…

Elle hésita, mais prit son inspiration et enchaîna :

— Je ne suis toujours pas très sûre d'avoir bien fait d'accepter votre invitation. Combien de femmes vous êtes-vous déjà fait livrer comme ça, par avion spécial ?

Pascal n'avait aucune envie de sourire. La franchise de la jeune femme le touchait. Et il avait conscience que sa réponse pouvait déterminer le climat du week-end à venir.

— Aucune, avoua-t-il. Il m'est arrivé de prendre le jet en galante compagnie, oui, mais jamais je ne l'avais fait affréter pour quelqu'un. Alana, je crois que vous ne seriez pas ici si vous aviez le sentiment que ce n'est pas bien. Vous ne vous fiez donc pas à votre propre instinct ?

À peine eut-il prononcé ces mots que sa compagne devint plus pâle qu'un linge. Bon sang ! mauvaise réplique. Qu'avait-il dit qui lui déplaise à ce point ?

— Il se passe quelque chose entre nous, Alana, enchaîna-t-il, quelque chose de trop important pour l'ignorer. Vous ne l'avez pas initié, moi non plus. Mais certains signes de la vie méritent qu'on reconnaisse leur force. Au moins, fiez-vous à cela, d'accord ?

Comme elle demeurait silencieuse, très doucement, il lui prit la main.

# 6.

Dès que le chauffeur prit la valise dans le coffre et vint lui ouvrir la portière, Alana lâcha la main de Pascal. Il ne l'avait pas lâchée de tout le trajet.

Un peu rassérénée, elle emplit ses poumons d'air frais. En cette saison, même à Rome, la température nocturne tombait. Ils s'étaient arrêtés devant un magnifique immeuble, sur une avenue bordant les jardins de la Villa Borghèse. Alana suivit son hôte à travers une grande cour arborée, puis pénétra dans l'hôtel particulier. Émerveillée, elle admira les cinq mètres de hauteur sous plafond, les sols de marbre typiques de la ville, un immense salon de réception donnant sur un jardin privé. Elle s'était attendue à trouver le repaire d'un play-boy, peut-être même avait-elle imaginé des divans de velours rouges dans une pièce aux rideaux tirés… Ou le style d'appartement sans âme d'un milliardaire ayant confié sa décoration aux soins d'un spécialiste. C'était tout le contraire : l'intérieur qui s'offrait à sa vue était élégant, baroque, unique. De grandes toiles modernes trônaient au-dessus de fauteuils colorés, des meubles de métier côtoyaient de hautes bibliothèques bien remplies, trois citronniers en pot et des plantes vertes tutoyant le plafond. Cet endroit respirait la vie.

— Venez. Je vais vous conduire chez vous, dit Pascal en l'invitant à le suivre dans l'escalier.

Sans mot dire, elle lui emboîta le pas et se trouva

bientôt sur le seuil d'une chambre ravissante, meublée d'un lit immense.

— C'est chez vous, Alana. La porte du fond vous mène à votre salle de bains.

Elle lui fut reconnaissante de ce geste. Une fois encore, il faisait tout pour la mettre à l'aise.

— Merci. C'est… C'est superbe, murmura-t-elle.

— Si vous le voulez bien, posez votre valise et redescendons. Vous devez mourir de faim, non ? Je vais nous préparer quelque chose.

— Vous… Vous savez cuisiner ? demanda-t-elle, sidérée.

Un sourire goguenard apparut sur ses lèvres.

— Cuire convenablement des pâtes et préparer une sauce tomate honorable ? Oui, je sais le faire, concéda-t-il. Alors ? Vous avez faim ?

Il n'eut pas plus tôt posé la question que l'estomac d'Alana répondit par un gargouillement explicite.

Elle rit.

— Ma foi oui, je suis affamée !

Un excellent dîner à l'italienne arrosé d'un extraordinaire chianti avait métamorphosé Alana. Sa panique s'était apaisée pour ne laisser la place qu'à une légère tension. Son verre à la main, elle circulait dans le salon, admirant les statuettes, les livres et les photographies encadrées. L'une d'elle attira tout particulièrement son attention. Elle avait quelque chose de familier. C'était un cliché en noir et blanc, le portrait d'un homme âgé au visage strié de rides, le regard dans le vide, rêveur. Ses yeux la fascinèrent. Ils exprimaient un mélange de douceur et de solidité, et il était impossible de déterminer ce qu'il éprouvait : regret, chagrin, espoir, curiosité… Toute supposition était permise.

— C'est mon grand-père.

Alana fit volte-face. Pascal se tenait juste derrière

elle. Il contemplait, lui aussi, la magnifique photo. Sa révélation la fit réfléchir. Oui, maintenant qu'il le disait, elle voyait la ressemblance. Sauf que le regard de Pascal était *toujours* mystérieux.

— C'est vous qui l'avez prise ?

Aussitôt, Pascal sut qu'Alana voyait dans ce portrait tout ce qu'il y projetait aussi. Personne d'autre qu'elle n'avait paru aussi fascinée par le cliché auparavant. Il en éprouva une douleur dans la poitrine et détourna un instant les yeux pour répondre d'un ton brusque :

— Non, mon seul talent réside dans les chiffres et les formules économiques. Ce portrait a été réalisé par un grand photographe américain qui voyageait dans le sud de la France. Après la mort de mon grand-père, je l'ai cherché et j'ai pu lui acheter l'original.

— Vous deviez être très proches l'un de l'autre, observa-t-elle.

Il se contenta de hocher la tête. Le verre que tenait la jeune femme était vide. Il prit la bouteille, mais elle lui fit signe qu'elle n'en voulait plus. Elle allait le faire attendre. Il était évident qu'elle n'était pas prête. Sa nervosité avait certes fondu depuis son arrivée sur le tarmac, mais elle restait très intimidée. Aussi, malgré l'ardeur de son désir, il devait se montrer encore patient.

— Vous devez être épuisée, lâcha-t-il.

Un sourire forcé se peignit sur le visage de sa compagne. Il était certain qu'elle allait saisir cette perche.

— Oui, dit-elle. Verriez-vous un inconvénient à ce que je monte me coucher ?

— Bien sûr que non. À quelle heure devez-vous être au stade demain ?

— Je suis censée rejoindre l'équipe sur place à midi. Le match commencera à 15 heures.

— Mon chauffeur vous conduira.

— Vous en êtes certain ? s'inquiéta-t-elle. Je ne veux pas vous en priver, je peux prendre un taxi…

— Certain, la coupa-t-il.

Il fallait qu'elle s'en aille. Une douleur lancinante lui tenaillait les reins.

— Bonne nuit, Alana, conclut-il.

Alana avait le souffle court lorsqu'elle retrouva sa chambre. Elle se dirigea tout droit vers la salle de bains et fixa son reflet dans le miroir. Elle avait les joues en feu, les yeux brillants. Qui était cette femme qui venait d'accomplir une folie en retrouvant à Rome un quasi-inconnu qui ne songeait qu'à faire d'elle sa maîtresse ?

Incapable de répondre à cettte question, elle retourna dans la chambre. Elle s'apprêtait à se déshabiller quand elle se ravisa et s'assit au bord du lit. Son cœur battait à coups lourds. Elle tremblait. L'adrénaline se répandait dans son corps, car elle savait que la suite était incontournable. Inexorable.

Elle pouvait se raconter des histoires, tenter de freiner des quatre fers — cela ne servait à rien. Chacun de ses actes menait dans une seule et même direction.

Lentement, elle quitta la pièce et descendit l'escalier. Elle s'arrêta au milieu en apercevant Pascal là où elle l'avait laissé. Pieds nus, un verre de vin à la main, il était alangui sur un canapé. La peur revenait en elle, et elle était près de fuir quand il leva les yeux vers elle.

Telle une somnambule, arrimée à son regard, elle descendit les dernières marches.

— Je n'arrivais pas à dormir, expliqua-t-elle.

— Vous n'êtes montée que depuis cinq minutes, opposa-t-il en se levant.

— Peut-être, mais je sais que je n'arriverai pas à dormir.

Des éclats de miel brillaient dans le brun de ses yeux.

Jamais le visage de cet homme n'avait paru plus sculptural, plus beau.

— Qu'est-ce que vous voulez, Alana ? demanda-t-il très posément.

— Je… Je veux… Vous savez ce que je veux. Ne m'obligez pas à le dire.

— Alors montre-moi ce que tu veux, corrigea-t-il en restant immobile, le regard offrant une promesse érotique.

Alana déglutit avec peine. Il était là, debout, immobile, à un mètre d'elle. Il la contraignait à venir jusqu'à lui. Il ne faisait pas le premier pas. Comme s'il voulait s'assurer qu'elle avait pris sa décision et qu'elle ne reviendrait pas dessus.

Tremblante, elle approcha. Il était tellement grand… Et elle ne respirait plus. Désespérée, elle balbutia :

— Vous ne voulez pas… Je veux dire, tu ne veux pas juste, euh… ?

— Quoi ? Te prendre ? Autrement dit, faire ce choix qui ne serait pas vraiment le tien ? Choix que tu pourrais déplorer ensuite ?

Il secoua la tête avec autorité et poursuivit :

— Non, certainement pas. J'ai besoin d'avoir la certitude que c'est ce que tu désires. Je ne tiens pas à retrouver demain matin le visage blême d'une femme accablée de remords et d'amertume.

Il avait mis dans le mille. Bon sang !Sa clairvoyance était telle qu'elle se demanda comment un inconnu pouvait la connaître mieux qu'elle-même. Oui, il avait raison. C'était trop facile de se défaire ainsi de toute responsabilité. Il avait clairement exprimé ses intentions. C'était son tour.

Grisée par l'audace, elle enroula les bras autour de son cou. Puis, se hissant sur la pointe des pieds, elle chercha l'angle voulu pour l'embrasser. Son nez heurta le sien, puis son menton. Affolée, elle le lâcha. Voilà. C'était exactement ce qu'elle redoutait. Sa maladresse confinait au ridicule. Il espérait sans doute qu'elle le renverse sur le canapé, puis qu'elle se jette sur lui…

Étranglée par la honte, elle s'excusa :

— Je regrette. Il y a longtemps que je n'ai pas, euh… Et je crois que tu t'attends à autre chose que ce dont je suis capable…

Comme elle allait reculer, il la saisit par le poignet.

— Pas du tout. J'avais seulement l'intention de m'assurer que tu étais prête.

— Eh bien tu vois : en fin de compte, il faut croire que je ne le suis pas, soupira-t-elle.

— Je crois que si.

Il se pencha et happa ses lèvres des siennes. Mais contrairement à la première fois, il n'hésita pas à l'enlacer sur-le-champ, à défaire son chignon et à glisser les mains dans ses longues mèches. Brûlante, sa bouche était ferme, impérieuse. Alana se laissa emporter par une étreinte languide, sensuelle, et tandis que des frissons exquis l'électrisaient, son assurance se mit à croître. Elle s'enhardit, plaquant les hanches contre son ventre, savourant la force de sa virilité. Son érection décuplait la force de son désir.

Son sang se changeait en lave, tout son corps brûlait, et elle avait désespérément besoin de sentir ses mains sur sa peau, ses caresses. Bientôt, les doigts de Pascal coururent sur ses hanches ; elle les sentit relever sa jupe, puis remonter sur ses cuisses galbées de nylon.

— Sais-tu ce que me fait cette tenue depuis que je t'ai vue sortir de l'avion ? demanda-t-il d'une voix rauque.

— J'ai une dizaine d'autres tailleurs du même style à la maison, révéla-t-elle dans un murmure.

— Je veux tous les voir, un par un.

D'un geste vif, il la plaqua contre le mur et défit les boutons de son chemisier. Perdant haleine, elle avait l'impression de se liquéfier de désir. Dès que ses mains couvrirent la dentelle de son soutien-gorge, elle laissa échapper un cri.

D'un regard langoureux, il l'invita à retirer sa blouse et son soutien-gorge. Tandis qu'elle s'exécutait, il ôta sa chemise. Bouche bée, elle contempla ses épaules massives, ses pectoraux impeccablement dessinés, et la fine toison noire qui serpentait jusque sur ses abdominaux. Il avait un corps de dieu, une peau lisse et couleur bronze. Tremblante, elle avança une main vers ce torse d'athlète et caressa sa musculature. Une décharge électrique la transperça : il était si dur… C'était si évocateur…

Sans lui laisser le temps de poursuivre son exploration, il la plaqua contre le mur, se baissa et posa les lèvres sur ses tétons dardés. Alana ferma les yeux et se mordit la lèvre. La sensation qui fusait en elle était incroyable — nouvelle, inconnue. Lentement, Pascal lui prodigua la plus ensorcelante des tortures. Du bout de la langue, il agaçait les pointes de ses seins, puis les embrassait avec volupté ou les aspirait goulûment. Cambrée contre lui, la tête renversée, elle gémissait de plaisir. Il ne s'interrompit pas lorsqu'elle sentit sa main revenir sous sa jupe et remonter, remonter…

— Mon Dieu ! s'exclama-t-il.

— Quoi ?

— Des porte-jarretelles ! De vrais bas ! Alana, tu es une authentique femme fatale…

— Oh !

Chancelante, elle s'agrippa à son cou pour ne pas tomber, tant la force du plaisir l'étourdissait. Happant ses seins, il aventura l'index entre ses cuisses en feu, glissa sous l'étoffe du slip et trouva son sexe trempé de désir. Sans retenue, Alana enroula une jambe sur ses reins pour l'inviter à approfondir sa caresse. Ses gestes étaient si précis et si langoureux que des vagues de plaisir d'une violence inouïe la submergèrent, les unes après les autres.

Il y eut un moment où elle crut sombrer dans un précipice sans fond, et, comme s'il avait trouvé ce qu'il cherchait, il répéta lentement sa caresse circulaire sur son clitoris, alternant avec des mouvements de pénétration…

Son cerveau explosa en mille morceaux, tandis que sa chair fondait sous les assauts d'une extase indescriptible. Terrifiée par la force de cette sensation, elle se redressa en criant.

— Alana… Ça va ?

— Oui… Je…

Il la considéra avec une attention soutenue.

— Ne me dis pas que c'était ton premier orgasme ?

Avec une tendresse qui acheva de la déconcerter, il la pressa contre lui et lui caressa les cheveux. Sans doute perçut-il ses tremblements, car il lui prit le visage dans les mains, plongea le regard dans le sien et enchaîna :

— Je t'en prie, ne sois pas gênée. Tu es merveilleuse, et j'adore que tu sois si réactive. J'ai été surpris, pardonne-moi. Comme tu as été mariée, je pensais que…

Elle secoua la tête très vite et détourna les yeux.

— Mon mari ne m'a jamais… fait ressentir cela, avoua-t-elle. Nous n'avions plus de relations physiques les trois dernières années.

— Et vous êtes restés mariés combien de temps ?

— Cinq ans.

Elle déglutit péniblement. Elle n'avait pas du tout envie de penser à Ryan maintenant. Ryan appartenait au passé.

— Alana…

Elle posa le doigt sur la bouche de Pascal et demanda :

— S'il te plaît, n'en parlons plus. D'accord ?

Il resta silencieux un moment, puis acquiesça.

— Je crois qu'il est temps de profiter d'un peu de confort, suggéra-t-il. Même si la tentation est forte de te faire l'amour contre ce mur…

Elle sourit.

— Tu veux bien ? murmura-t-il.

— Oui.

Il la souleva dans ses bras, et la conduisit au premier étage.

Une délicieuse sensation extirpa Alana de son sommeil le lendemain matin. C'était la main de Pascal courant, légère, le long de sa colonne vertébrale.

Pascal. Une douce chaleur l'inonda au souvenir de la nuit fantastique qu'elle venait de vivre. Une nuit magique, en technicolor, au cours de laquelle ils avaient fait l'amour sans être capables, ni l'un ni l'autre, d'étancher leur soif. Insatiables, voilà ce qu'ils étaient. Elle ouvrit les yeux. Il souriait, le visage vif, très réveillé. Et outrageusement sexy.

— Tu te rappelles ? demanda-t-il d'un ton où perçait l'inquiétude. Pas de regrets ce matin ? Pas d'amertume...

Sa sensibilité la toucha, et elle lui répondit en lui mordillant la lèvre, avant de l'attirer ardemment contre ses seins durcis.

— Nous n'avons plus le temps, se défendit-il en riant. Ma voiture t'attendra en bas d'ici une demi-heure. Et en tant que femme, tu devrais bondir, affolée, en te...

— Quoi ? Une demi-heure ? répéta-t-elle, paniquée, en se redressant vivement.

Hilare, Pascal la regarda sauter dans chaque coin de la pièce à la recherche de sa valise, puis courir vers la salle de bains, comme si sa vie en dépendait. Ayant oublié de prendre sa trousse de toilette, elle réapparut, et il en profita pour l'attraper au vol.

Elle éclata de rire, et accepta de se laisser embrasser si passionnément que, bientôt, elle oublia tout : l'heure, son travail, l'urgence de se préparer. Pascal la libéra au moment où elle était incapable de le quitter.

Ce ne fut que lorsqu'elle fut sous la douche qu'elle

recouvra partiellement ses esprits. Quelque chose d'inouï s'était produit : un homme soucieux de *son* plaisir, un homme qui avait envie de *partager véritablement* les délices de l'étreinte lui avait fait découvrir une part d'elle-même insoupçonnée.

Dans son cerveau, un voyant passa au rouge : « danger ».

# 7.

À la mi-temps, Pascal rejoignit Alana dans les quartiers de la presse. Elle sourit. Son cerveau resta imbibé d'eau de rose jusqu'à la fin du match, puis au cours des interviews qu'elle mena. D'une façon ou d'une autre, elle parvint cependant à ne pas complètement perdre ses moyens, alors que son cœur battait sur un rythme frénétique. C'était bouleversant de le retrouver dans les tribunes d'un stade, comme au premier jour, à Dublin, et de sentir son regard... Sauf que, cette fois, quelque chose avait changé. *Elle* avait changé.

Son équipe feignit de ne pas s'apercevoir que Pascal Lévêque était là, et qu'il tenait le rôle de garde du corps pour la commentatrice. Mais dès qu'elle eut posé quelques questions à son dernier interlocuteur, le demi d'ouverture de l'équipe italienne, Alana disposa du reste de son week-end.

Peu de temps après, sur la banquette arrière de leur berline, Pascal la fit basculer sur ses genoux. Elle avait renoncé à le repousser, mais désigna le chauffeur d'un regard explicite à son compagnon qui, sans y prendre garde, déposa un baiser brûlant à l'intérieur de son poignet.

— Es-tu heureuse d'être à Rome, maintenant ? demanda-t-il.

En relevant les yeux vers lui, elle sentit un vertige la gagner.

— Oui, avoua-t-elle le cœur battant. Très heureuse.

Afin de le lui prouver, elle se pressa contre lui et l'embrassa. Elle se sentait tellement plus libre, désormais ! Le niveau d'intimité qu'ils avaient atteint en un clin d'œil l'aurait effrayée si elle avait pris le temps d'y réfléchir.

Elle était en train de nouer une liaison avec un milliardaire connu dans le monde entier pour être un séducteur, et c'était précisément ce qui la protégeait : elle ne se faisait aucune illusion. Entre eux, il ne serait jamais question de sentiments, d'engagement ni de mariage. C'était exactement ce qu'elle recherchait.

Dans la soirée, alors qu'elle était fin prête pour accompagner Pascal au gala de charité, elle jeta un dernier coup d'œil dans le miroir avant de quitter la chambre.

— Je n'arrive pas à le croire, murmura-t-il lorsqu'elle apparut devant lui, au bas de l'escalier.

Médusé, il la détailla de la tête aux pieds. Aussitôt, elle rougit. Jamais elle n'aurait dû prendre cette robe qu'elle portait pour la première fois. Elle avait acheté ce vêtement du temps de son mariage, dans une somptueuse boutique de Londres. Puis, étant donné ce que devenait son union avec Ryan, elle n'avait pas osé la porter, et pour cause : le bustier en soie, fendu au niveau du décolleté, se déstructurait à partir des hanches, et les pans de la jupe laissaient apparaître toute la longueur de ses jambes. Le noir faisait ressortir la couleur de feu de sa chevelure, et elle s'était juchée sur une paire de sandales à plateau, aux talons interminables.

— Je... Je suis ridicule, admit-elle. C'est trop moulant, indécent... Je vais remonter me changer.

— Tu plaisantes ? Il n'en est pas question ! protesta-t-il avec véhémence.

— Hum ! Vraiment ? s'inquiéta-t-elle. Non, je ne peux pas sortir comme ça...

Il sourit.

— Le seul problème, dit-il, c'est que je ne vais songer qu'à te retirer cette robe durant tout le reste de la soirée.

— Oui, tout le monde va se demander comment j'ai osé porter cette chose... Attends-moi, j'en ai pour une minute, dit-elle, la main sur le zip, déjà prête à bondir vers un de ses vieux tailleurs.

D'un geste autoritaire, Pascal lui prit la main et la conduisit dans le grand hall, devant le grand miroir du vestiaire.

— Regarde, ordonna-t-il.

Elle le contempla. Il était magnifique dans son smoking, les cheveux humides.

— Pas moi, voyons ! gronda-t-il. Regarde-toi.

Non sans une extrême répugnance, elle obtempéra. Elle vit les pans de la robe révélant ses genoux, le bustier muni d'une seule bretelle, ses longues mèches rousses sur ses épaules blanches et la courbe de sa poitrine.

— Peux-tu me dire ce qui te déplaît ? reprit-il.

Elle se mordit la lèvre. Quelle situation embarrassante ! Elle aurait mis sa main au feu qu'aucune de ses conquêtes n'avait jamais eu besoin d'être rassurée sur sa tenue, avant elle. Des mannequins et des comédiennes françaises, sachant s'habiller à la perfection chez les meilleurs créateurs de Paris. Tandis qu'elle...

— Alana, tu es sublime. J'en suis subjugué. Et cette robe te va à ravir. Non seulement elle n'est pas indécente, mais je trouve qu'elle te couvre encore trop.

Comme elle ne répondait pas, il la prit par les épaules, la contraignit à lui faire face et plongea un regard grave dans le sien.

— Qu'est-ce qu'il t'a fait ? Je suis certain que tu n'as pas toujours été comme ça.

Ses yeux la piquaient. De toutes ses forces, elle lutta pour retenir ses larmes.

— Non, pas toujours, reconnut-elle, un sanglot dans la voix. Il me donnait l'impression d'être… de la vermine. La dernière des dernières.

Elle se libéra de son emprise, désigna la montre à son poignet et rappela :

— Nous devrions y aller.

Dans la salle de réception du palace romain où la banque donnait le gala, Pascal bouillait d'impatience et sentait son exaspération croître à chaque instant. Alana provoquait un tsunami ; tous les regards étaient rivés sur elle à cause de sa robe. Après avoir rêvé pendant quinze jours qu'elle renonce enfin à ses tailleurs trop sévères, il se surprenait à avoir envie de l'entraîner dans un vestiaire pour la contraindre à en revêtir un.

Pour la première fois, il assistait à ce type de sauterie en veillant jalousement à ce que sa compagne ne le quitte pas d'une semelle, tandis que les visages souriants se succédaient devant lui et qu'il avait l'impression d'être devenu un robot destiné à serrer des mains. Naturellement, tous ces gens prétextaient vouloir échanger deux ou trois mots avec lui pour leurs affaires alors qu'ils ne cherchaient qu'à admirer Alana de plus près. Elle n'avait pas l'air de s'en rendre compte, mais Pascal savait à quoi s'en tenir avec ces hommes d'affaires cyniques, entourés de poupées à la plastique interchangeable. Ils n'avaient pas l'habitude de tomber sur une beauté aussi étincelante et naturelle. Devait-il en conclure qu'il appartenait à leur espèce ? Ne valait-il pas mieux qu'eux, n'était-il que celui qui « l'avait repérée le premier » ? Ainsi, des sensations désagréables et contradictoires l'envahissaient. Y compris le soupçon d'avoir été roulé dans la farine. Avait-elle feint la vulnérabilité ? Comment croire qu'elle était *réellement* si différente des autres ?

Il avait besoin d'espace. Bredouillant quelques mots à l'oreille de la jeune femme, il prétexta qu'il allait leur chercher à boire et, ignorant le coup d'œil anxieux qu'elle lui lançait, tourna les talons avec soulagement.

Alana suivit Pascal des yeux, tandis qu'il fendait la foule en direction du bar, de l'autre côté de l'immense salle. Elle ne put s'empêcher de remarquer que toutes les femmes se retournaient sur son passage. Certaines la dévisagèrent ensuite avec perplexité, voire un dédain non feint. Alana déglutit, gênée, et préféra s'offrir un peu d'air frais dans les jardins attenants.

Bravant la température hivernale, quelques convives s'aventuraient dans ce ravissant petit parc éclairé de réverbères anciens. Elle releva la tête vers le bâtiment. Il s'agissait d'un antique palais romain, dans toute sa majesté. Malgré elle, elle songea aux situations comparables qu'elle avait connues avec Ryan.

Dès qu'ils faisaient leur arrivée en couple dans un cocktail ou une célébration quelconque, son mari ne manquait jamais de l'abandonner pour le barman. Invariablement, elle passait la soirée de son côté et rentrait seule. Souvent, le lendemain matin, elle s'apercevait que Ryan n'était toujours pas revenu : il avait trouvé une âme généreuse, professionnelle ou non, pour partager son lit avec lui… Au début, elle en était passée par de longues heures d'angoisse. La force de l'habitude lui avait enseigné à ne plus se soucier de savoir où diable il avait disparu. À quoi bon ? *Elle*, en tout cas, ne lui manquait pas.

Un frisson lui donna la chair de poule. Machinalement, elle se couvrit les bras des mains.

— Bonsoir, *bella*.

Alana sursauta et se retourna pour trouver derrière elle un homme qui l'examinait sous toutes les coutures sans même s'en cacher.

Elle jeta anxieusement un regard dans la salle, espérant repérer la haute stature de Pascal. En vain.

Timidement, elle sourit.

— Bonsoir. Désolée, je ne parle pas italien. Et j'attends quelqu'un.

— Alors c'est mon jour de chance : il n'est pas là, et je vous comprends fort bien. Vous êtes d'une beauté spectaculaire.

— C'est euh… très aimable à vous, répliqua-t-elle, embarrassée.

L'homme était assez séduisant. Néanmoins, elle lui trouvait quelque chose de vaguement menaçant. Il évoluait autour d'elle de façon étrange, et elle comprit tout à coup qu'il s'était positionné de sorte à lui bloquer le passage, l'empêchant de regagner la salle.

Hum ! Que faire ? Soit elle le poussait, soit elle prenait la fuite dans les jardins. Or, elle n'avait guère envie de se retrouver dans un coin sombre, à la merci d'un poursuivant.

— S'il vous plaît, insista-t-il. Dites-moi votre nom.

Il attendait qu'elle lui serre la main. Si seulement Pascal pouvait la trouver… Où était-il ? Elle ne pouvait tout de même ignorer cet homme — ce serait terriblement mal élevé. De mauvaise grâce, elle fit glisser la paume sur la sienne d'un geste subreptice, ne lui donnant pas le temps de refermer les doigts sur elle.

— Alana Cusack. Ravie d'avoir fait votre connaissance. Excusez-moi, mon ami me cherche : je dois y aller, déclara-t-elle sèchement.

Hélas ! c'était un mensonge. Si Pascal était effectivement parti à sa recherche, il l'aurait trouvée depuis longtemps ! Une douleur très familière passa dans sa poitrine. Peut-être parce qu'elle était blessée, elle défia l'inconnu du regard et fit mine de s'en aller. Sans vergogne, il allongea un bras devant elle pour la retenir.

— Une seconde, opposa-t-il, une note offensive dans la

voix Je ne me suis pas encore présenté, et votre accent… Très sexy. D'où venez-vous ?

Alana commençait à se sentir vraiment mal. Ryan n'était jamais allé jusqu'à lever la main sur elle, mais il l'en avait menacée plusieurs fois. Elle n'aurait su dire pourquoi cette situation réveillait tant de mauvais souvenirs. La panique s'infiltra dans ses veines.

— Écoutez, je n'ai pas l'intention de me montrer discourtoise, mais je ne tiens pas spécialement à savoir qui vous êtes. Maintenant, veuillez me laisser partir, s'il vous plaît.

L'homme fronçait les sourcils. Il demeura sans bouger durant ce qui parut une éternité. Enfin, il consentit à lui céder le passage en maugréant :

— Bah ! allez-y, puisque vous y tenez. Vous ne savez pas ce que vous perdez.

Ce n'était pas le moment d'éclater d'un rire nerveux, et Alana fila sans demander son reste.

Ses tempes bourdonnaient, et son cœur cognait à coups lourds dans sa poitrine quand elle bouscula les convives, dans la salle, afin de se frayer un chemin jusqu'au bar. Là, elle le vit. Les jacassements et les rumeurs de conversation l'assourdissaient, et une brume humide lui brouilla la vue, mais elle regarda Pascal, en grande conversation avec une femme blonde. Une sirène immense et fine, vêtue d'une audacieuse robe en lamé. Il avait la tête tellement penchée vers elle qu'on aurait dit qu'elle lui murmurait ses secrets les plus intimes.

Brutalement ramenée à son passé, Alana prit la gifle dans toute sa violence. Les subtiles variations de l'instant présent rendaient la blessure plus douloureuse encore, car maintenant qu'elle voyait cette somptueuse jeune femme, si sophistiquée, elle comprenait ce qu'elle représentait. Au sein de ce cénacle où n'entraient que les membres les plus privilégiés de la haute société, elle était une distraction, une curiosité exotique. Cela expliquait pourquoi elle avait senti tant de regards s'attarder sur elle. Une petite journaliste irlandaise parmi des milliardaires issus de l'aristocratie... Évidemment, Pascal avait dû la trouver « rafraîchissante ». L'heure avait cependant sonné pour lui de retrouver les siens.

Comme si elle assistait à une scène au ralenti, elle regarda l'action se dérouler sous ses yeux. La blonde renversait la tête en riant, Pascal lui souriait. Ils étaient collés l'un à l'autre.

Non, c'était assez. Elle ne tenait pas à tenir la chandelle plus longtemps. Épouvantée, elle tourna les talons et s'enfuit, traversant la salle, puis la réception de l'hôtel, et parvenant avec soulagement dans la rue. Des larmes roulaient sur ses joues. Son front brûlait.

— Voulez-vous que je vous appelle un taxi, madame ? proposa le voiturier de l'hôtel.

— Oui, s'il vous plaît.

Elle n'avait aucune idée de l'endroit où elle irait — toutes ses affaires étaient chez Pascal —, et cela n'avait pas d'importance, car elle n'avait qu'une priorité : partir d'ici.

— Non, c'est inutile, intervint une voix froide. Madame est avec moi. Voulez-vous prévenir mon chauffeur que nous l'attendons, je vous prie ?

Ébahie, Alana sentit la main de Pascal se refermer sur son avant-bras. Il semblait furieux, et elle sentit sa propre rage décupler. Après l'avoir foudroyé du regard en se libérant de son emprise, elle opposa sèchement :

— J'ai clairement fait savoir que je souhaitais prendre un taxi. Merci de proposer de me déposer, mais c'est non.

— Bon sang, Alana ! Qu'est-ce qui s'est passé, là-dedans ?

— Il semble que tu aies trouvé une compagnie mieux appropriée à tes standards, observa-t-elle d'un ton assassin. Et que tu n'aies pas hésité à me livrer au premier désaxé !

— Mais de quoi est-ce que tu...

Le visage de son compagnon se décomposa, avant qu'une expression menaçante apparaisse sur ses traits.

— Tu es en train de me dire que quelqu'un a eu des gestes déplacés envers toi ? Un homme s'est mal comporté ?

— Non, rétorqua-t-elle, ivre de colère, parce que *je* ne lui en ai pas laissé le temps ! Oh ! tu ne risquais pas de t'en rendre compte : grâce à lui, j'ai découvert que tu avais trouvé une occupation à ton goût ! Peux-tu me prêter tes clés ? Je vais juste aller chercher mes affaires. Ne t'inquiète pas, la voie sera libre quand tu décideras de rentrer avec ta nouvelle conquête.

Stoïque, Pascal la fixa.

— C'est bien aimable de ta part, dit-il. Mais qu'est-ce qui te fait croire que j'ai de tels projets ?

Elle remarqua qu'il avait pris un ton glacial. Il en aurait fallu davantage pour apaiser sa fureur.

— Tu tiens vraiment à ce que je le dise, Pascal ? le défia-t-elle, ulcérée. Je te croyais un peu plus civilisé.

— Moi aussi, mais ce n'est visiblement pas le cas : il a suffi que je parte au bar chercher deux coupes de champagne pour que ma compagne s'enfuie à toutes jambes. Je dois être monstrueux pour provoquer une réaction pareille.

— Ne t'inquiète pas, la charmante demoiselle que tu ne quittais pas des yeux n'est pas de cet avis. Au contraire, elle avait l'air enchantée par ce que tu lui proposais, et réciproquement !

Pascal réprima un profond soupir. Il se rappelait fort bien ce que ce mannequin anglais, Cecilia Hampton, avait à lui « proposer ». Elle s'était littéralement jetée sur lui, s'enroulant autour de ses jambes telle une mauvaise herbe tandis qu'il attendait désespérément d'être servi. Rusée, elle s'était mise à glousser et à s'exprimer d'une voix de fillette pour l'obliger à se pencher et à écouter poliment sa consternante petite comédie. Durant ce pénible interlude, sa frustration augmentait, il se promettait de tuer le barman de ses mains, et ne songeait qu'à se débarrasser de cette peste ; à retrouver Alana, ulcéré qu'elle puisse être la cible de tous les regards masculins.

Dès que la voiture s'arrêta devant eux, il la poussa à l'intérieur sans lui laisser une chance de se protester — ni de se débattre.

— Comment oses-tu ? s'écria-t-elle dès qu'ils furent en route. J'exige que tu t'arrêtes tout de suite ! Je veux prendre un taxi !

Elle se penchait déjà pour baisser la vitre de séparation et donner ses instructions au chauffeur quand Pascal lui saisit les poignets avec autorité.

— Lâche-moi !

— Alana, tu vas m'écouter, maintenant. Je comprends que tu m'as cherché, et que tu m'as vu avec Cecilia Hampton. Ma position devait être équivoque. Mais si tu étais venue me rejoindre, au lieu de tirer sur-le-champ des conclusions erronées, tu aurais constaté que je faisais tout mon possible pour me libérer de cette encombrante idiote.

Alana arrima le regard au sien. Il s'exprimait avec calme. Il semblait sincère. Le doute s'insinua en elle. Son passé mal digéré l'aveuglait-il ? C'était plus que vraisemblable.

Soudain, elle fut submergée non de honte ni d'embarras, mais de désir. Le désir irrépressible de sentir sa bouche contre la sienne — que Pascal l'embrasse passionnément, ici et maintenant. Sans lui laisser une chance de poursuivre, elle se jeta dans ses bras et happa voracement ses lèvres. Immédiatement, il répondit à l'urgence de son étreinte, et elle savoura la douce chaleur qui coulait dans ses veines.

— Alana, murmura-t-il d'un ton rauque, je t'ai dans la peau, dans le sang. Je ne cherche personne d'autre. Je n'en désire aucune autre.

Ces paroles attisèrent davantage le feu qui la dévorait et, toujours accrochée à son cou, elle le fit basculer avec elle sur la banquette. La vitre de séparation avec le chauffeur était teintée et blindée, ne laissant filtrer ni le son ni l'image. Ils étaient à l'abri, et jamais elle n'avait éprouvé dans sa chair un élan si impérieux. Elle avait follement envie, besoin de le sentir en elle. Le regard de Pascal, sombre et embué de la même fièvre, l'aspirait avec une force surnaturelle. Le cœur battant à se rompre, elle entendit le zip de son pantalon et l'aida à s'en défaire avant qu'il se jette sur sa robe, qui craqua dans l'opération.

Déposant une myriade de baisers incandescents le long de son cou, il murmura :

— Je ne suis pas désolé. Je t'en achèterai d'autres.

— Je m'en fiche. Viens, je t'en prie.

Sans pudeur, elle guida son sexe dressé entre ses cuisses, et il la pénétra d'un puissant coup de reins. Alana se cambra de plaisir. Il glissait si facilement que, bientôt, il imprima à leur corps-à-corps un rythme tribal, primitif, et elle sentit des vagues successives l'emporter vers les cimes de l'extase. Agrippant ses hanches, il leva ses cuisses pour s'enfoncer en elle plus profondément encore : son orgasme fut si violent qu'elle lâcha un cri. Il avait joui en même temps qu'elle.

À bout de souffle, ils restèrent quelques instants plaqués l'un contre l'autre, à écouter les battements de leurs cœurs à l'unisson.

— Ce n'était que le début, annonça-t-il. La nuit ne fait que commencer.

Bouleversée par l'intensité de ses sensations, elle répondit à cette promesse par un baiser langoureux. En cet instant, elle savait qu'elle ne voulait plus jamais être séparée de lui. Personne au monde ne lui avait fait ressentir cela, pas même Ryan du temps où elle était une jeune fille la tête pleine d'espoirs et d'optimisme.

Quelque chose d'extraordinaire venait de se produire, et elle ne pouvait pas l'ignorer.

# 8.

Dès qu'ils furent de retour chez Pascal, ils prirent un bain et firent l'amour. Encore. Un peu plus d'une heure plus tard, affamés, ils dévoraient une copieuse salade dans la cuisine. Alana jugea le moment opportun pour présenter ses excuses.

— Je voulais te dire… Je suis vraiment navrée, avoua-t-elle avec nervosité. Je n'ai pas pour habitude de me complaire dans le mélodrame.

Pascal sourit et remplit leurs verres de vin.

— Nous devrions y retourner, soupira-t-elle. Tu étais censé faire un discours, non ?

Il haussa les épaules, indifférent.

— Mon assistant s'en sera chargé. Cela n'a pas beaucoup d'importance. Je n'aurais même pas eu à faire acte de présence si le match n'avait pas eu lieu aujourd'hui. Pour la banque, c'était une opportunité de communiquer, rien de plus.

Il afficha un sourire complice et conclut :

— Je préfère être ici avec toi.

Elle se sentit rougir.

— Merci. C'est adorable. La prochaine fois, je…

Elle s'interrompit en comprenant ce qu'elle avait été sur le point de dire. Quelle prochaine fois ?

— Enfin, si jamais tu as envie… Si tu penses que…

Il prit sa main dans la sienne et l'interrompit :

— La prochaine fois, je ne te quitterai pas des yeux un instant, et il n'y aura aucun risque de malentendu. D'accord ?

Elle avait la gorge si sèche qu'elle se contenta d'acquiescer d'un hochement de tête.

— Maintenant, raconte-moi exactement ce qui s'est passé avec le désaxé.

Le seul souvenir de cette pénible rencontre fit frémir Alana, mais dès qu'elle se mit à lui raconter l'histoire, elle se sentit mieux. Après tout lui avoir dit des manœuvres sournoises et maladroites du personnage, elle rit de bon cœur, et il fit de même. À la description qu'elle livra de lui, Pascal fut presque certain de savoir de qui il s'agissait — un entrepreneur connu pour viser les femmes vulnérables.

L'intimité qui se nouait entre elle et Pascal lui procurait un sentiment de sécurité qu'elle n'avait pas éprouvé depuis longtemps. Il lui donnait envie de lui faire confiance, de s'en remettre à lui. C'était comme trouver une oasis après avoir passé des jours à traverser un désert aride, et au fond de son cœur Alana redoutait que ce ne soit qu'un mirage.

Le lendemain soir, Alana regardait la capitale italienne s'éloigner sous les nuages. Un nœud dans la gorge, elle adressa un adieu muet à Rome et à sa douceur de vivre.

Seule dans le jet, elle poussa un long soupir et ferma les yeux. Les images de sa nuit torride avec Pascal l'assaillirent et, malgré elle, elle laissa échapper un murmure de contentement. C'était inouï. Plus elle faisait l'amour avec cet homme, plus elle avait envie de lui. Visiblement, la magie était réciproque. Au cours de leur dernière nuit, elle avait réalisé un vieux fantasme et connu plusieurs orgasmes entre ses bras, sous la douche comme dans la baignoire.

Têtu comme une mule, Pascal avait tenu à ce qu'elle

rentre à Dublin en jet tandis qu'il prenait un vol commercial pour retourner à Paris. Refusant d'écouter ses objections, il l'avait fait taire d'un baiser envoûtant…

Et désormais, elle était seule. Le cœur lourd, elle se rappela l'expression absente sur le visage de Pascal, sur le tarmac, au moment de se quitter. Ce dimanche avait aussi été celui de leur première dispute. Enfin, pas vraiment une dispute, hélas ! car ça aurait été plus simple… Au final, Pascal semblait lui en vouloir.

Ils s'étaient levés tard, *très* tard, en début d'après-midi. Pascal avait insisté pour qu'elle ne s'en aille pas sans avoir visité quelques splendeurs romaines, et il l'avait emmenée dans un petit restaurant proche de la fontaine de Trevi, et cependant à l'abri des assauts des touristes. Elle avait dégusté la meilleure cuisine italienne, sur une si petite table qu'ils avaient pu entremêler leurs jambes durant tout le repas — une expérience délicieusement sensuelle.

Mais en rentrant à l'hôtel particulier de Pascal, Alana avait dû faire sa valise. En rejoignant son compagnon au rez-de-chaussée, elle l'avait trouvé en train de préparer deux expressos au percolateur.

— Il y a tant de choses qui te plairaient dans cette ville ! s'exclama-t-il. Mais rien ne nous empêche de recommencer.

Ces paroles la touchèrent si profondément qu'un mécanisme de défense se mit automatiquement en place. Sans y avoir réfléchi, elle se surprit à répliquer d'un ton léger :

— Oh oui ! je suis sûre qu'un jour ou l'autre je trouverai l'occasion de revenir !

La façon dont elle prononça ce « je » retint l'attention de son compagnon. Elle le comprit immédiatement, même s'il ne dit rien. Du moins sur le moment. Car il serra la mâchoire, garda un instant le silence et finit par répondre :

— Je parlais d'un autre séjour ensemble. Toi et moi.

Alana prit la tasse de café et la tint serrée entre ses

mains tremblantes. Puis, elle jeta un coup d'œil distrait sur les hautes fenêtres du salon et les arbres de la Villa Borghèse, de l'autre côté de l'avenue.

— Tu ne devrais pas te sentir obligé de faire cette proposition, tu sais, lâcha-t-elle.

Il prit une gorgée de café. Sa tension était palpable ; tout son corps dégageait de l'électricité, et elle frémit.

— C'est-à-dire ? demanda-t-il très lentement, détachant avec soin chaque syllabe.

Alana s'esclaffa, mais à ses propres oreilles son rire sonnait faux.

— Eh bien je veux juste dire que tu n'as pas besoin de me… De prendre des gants avec moi. Je n'attends absolument pas de ta part une invitation sincère à me voir revenir.

Le cœur battant, elle comprenait qu'elle débitait un mensonge après l'autre, de façon gratuite — et stupide. Pourquoi s'enferrait-elle dans cette nonchalance affectée, un rôle qu'elle n'était pas capable d'incarner ? Elle n'aurait su le dire. Elle savait seulement qu'une peur panique coulait dans ses veines, et elle se contentait de saisir le premier outil à sa portée pour fermer son armure.

Il posa sa tasse, et elle le contempla avec admiration. Il portait un jean et un simple sweat-shirt noir. Il était d'une beauté ravageuse.

— Crois-moi, reprit-il je ne prends pas de gants. Au contraire, en ce moment, je ne songe qu'au contact de ta peau nue sous mes mains. J'ai très envie de te prendre ici, sur ce sol de marbre.

— Je, je…

À son tour, elle posa sa tasse sur un guéridon.

— Écoute, enchaîna-t-elle d'une voix faible, je te disais simplement que je sais ce que nous faisons et que ça me convient.

— Tiens donc. Et puis-je savoir ce que c'est, d'après toi ?

Elle haussa les épaules et détourna les yeux pour répondre d'un ton aussi détaché que possible :

— Une liaison. Une aventure.

Il hocha lentement la tête.

— Ah ! je vois ! C'est donc cela.

Il s'assit dans un fauteuil et demeura immobile. Ses yeux avaient viré au noir d'orage. Il était pâle, et son visage s'était fermé. Clairement, il n'avait pas l'habitude de permettre à une femme d'étiqueter elle-même leur relation, pensa-t-elle avec cynisme. Pourtant, chaque mot qu'elle avait prononcé lui laissait un arrière-goût amer dans la gorge, et chacun des regards qu'il lui adressait lui transperçait le cœur.

Il fallait pourtant qu'elle se montre raisonnable : Pascal lui inspirait confiance au cours d'un week-end à Rome, autrement dit loin de chez elle, dans l'une des villes les plus romantiques du monde, parce qu'elle était ivre de plaisir charnel… Mais non, elle ne pouvait pas se fier à lui. Pas plus qu'à un autre. Elle s'était fait un serment : plus jamais. Ne plus jamais croire aux beaux discours d'un séducteur, et se méfier tout spécialement de ceux dont le charme lui tournait la tête.

— Je dois reconnaître que ta franchise n'est pas désagréable, observa-t-il. Elle sort de l'ordinaire.

— Ah bon ?

Il confirma d'un hochement de tête et sourit en revenant vers elle.

Un étrange frisson la parcourut.

— Oui, assura-t-il en faisant encore un pas vers elle. L'un comme l'autre, nous saurons, le temps venu, nous dire adieu sans un regret, satisfaits de ce que nous aurons partagé…

— Exactement, approuva-t-elle avec ferveur. « Le temps venu. »

D'un air imperturbable, il demanda :

— Puis-je me permettre d'espérer que cette échéance ne nous empêchera pas de nous retrouver dès la semaine prochaine ? Je vais assister à tous les matchs du tournoi, moi aussi.

— Oh ! tu sais que je ne demande pas mieux ! Et je suis navrée si j'ai manqué de délicatesse mais, vois-tu, j'ai fait l'expérience de l'engagement, du mariage. Je sais que je ne souhaite plus en passer par là. Plus du tout : même le couple ne me convient pas. Alors je suis soulagée que tu n'aies pas cela en tête de ton côté.

Réalisant qu'elle parlait trop vite, elle rit et poursuivit :

— Enfin bref, euh… Je ne cherche rien de particulier, et cela ne me pose aucun problème que tu sois un playboy. Je suis totalement à l'aise avec ça.

Le subtil froncement de sourcils de son compagnon lui fit comprendre que ce discours ne le séduisait guère.

— Une simple aventure, sans promesses, sans conséquence, au terme de laquelle chacun s'en ira de son côté, dès que l'ennui se fera sentir, résuma-t-il d'un ton neutre.

Il n'avait pas bougé. Il demeurait à moins d'un mètre d'elle et la dominait de sa stature de géant. Indéchiffrable, son regard se plantait dans le sien. Son charisme et la chaleur de son corps l'apaisèrent. Elle sourit et acquiesça en silence.

— Bien. Dans ce cas, puisqu'il y a peu de chances que tu reviennes ici et que le sablier fait impitoyablement couler le temps, nous devrions mettre à profit les dernières heures, tu ne crois pas ?

— Mais, euh… Comment cela ?

— Comment cela ? En cessant de parler et en remontant dans la chambre. Ainsi, nous clôturerons en beauté notre week-end à Rome, murmura-t-il en dénouant le ruban de sa robe en coton.

Déjà, le désir s'insinuait entre ses cuisses, et Alana balbutia :

— Et… Et ton jet ? Et ton avion ? Je croyais que tu devais prendre le vol de…

— Oh ! c'est l'un des grands avantages à être un playboy ! Mon équipe a l'habitude de mes changements de dernière minute. Ce n'est pas un problème.

Ces paroles avaient enfoncé une lame d'acier dans son cœur. L'image de Pascal au bras d'autres femmes s'était imposée à son esprit, mais Alana avait trouvé la force de la chasser loin, très loin. Elle n'avait pas le droit d'être blessée. Il venait de lui dire ce qu'elle lui avait demandé de dire.

Et dès qu'il se pencha pour l'embrasser, à la seconde où elle sentit ses lèvres contre les siennes, tout son corps se liquéfia en désir ardent, et elle se consuma dans leur étreinte.

Revenant à l'instant présent, observant la ligne d'une chaîne de montagnes, difficilement discernable sous les épais nuages, Alana soupira. Un poids pénible pesait sur sa poitrine. Elle jouait avec le feu et en était consciente. Or, la distance qu'elle mettait entre Pascal et elle n'y changerait rien.

# 9.

Trois semaines plus tard, Alana vivait une nouvelle existence. Depuis les quartiers de la presse, dans le stade, elle baissa les yeux vers la tribune VIP et se laissa submerger par une exquise sensation de déjà-vu. Le regard de Pascal croisa le sien, des frissons coururent sur sa peau, et elle reporta tout de suite son attention sur le match opposant l'Irlande à l'Angleterre. Des oiseaux chantaient constamment dans son cœur, une vibration d'enthousiasme ne la quittait plus. Il y avait aussi, chaque jour, une nausée qui l'assaillait, et elle s'efforça d'oublier le test de grossesse rangé dans son sac, acheté chez le pharmacien au matin, juste après que Pascal l'eut embrassée pour partir travailler. Ils partageaient désormais le lit de sa petite chambre.

Le moment était mal choisi pour songer à son cycle en retard et au résultat du test, dès qu'elle l'aurait fait. Fausse piste. Ce n'était pas possible, même si une petite voix lui soufflait sans cesse que c'était bel et bien en train d'arriver. Au cours de son mariage avec Ryan, alors qu'elle n'utilisait aucun système de contraception, elle n'était pas tombée enceinte. Cette stérilité était l'une des sources de leurs problèmes conjugaux. Alana avait fini par consulter un spécialiste qui lui avait déclaré que tout allait bien de son côté. Son mari, lui, refusait de se soumettre à un examen, partant du principe qu'il ne pouvait pas avoir de « problème ».

Un moment plus tard le cameraman lui fit signe qu'il était prêt pour les interviews suivant la rencontre. Alana ramassa son sac, lui emboîta le pas et se dirigea vers le terrain où les entretiens seraient filmés et diffusés en direct.

Une sensation désagréable lui noua l'estomac lorsqu'elle reconnut Eoin Donohue, le premier joueur sur sa liste. C'était un rugbyman apprécié, et un proche ami de Ryan — l'un de ses compagnons de beuverie favoris, avec lequel il avait partagé d'autres distractions que la boisson.

Mal à l'aise, elle leva les yeux vers cette armoire à glace qui la dévisageait d'un œil torve. De toute évidence, il n'éprouvait guère de sympathie à son égard. Il afficha un sourire factice, elle l'imita, et l'interview commença. Ils en avaient terminé quand son interlocuteur observa tranquillement :

— Alors comme ça, tu as tourné la page. Tu es passée à autre chose, ou plutôt à quelqu'un d'autre, alors que Ryan est à peine froid dans sa tombe.

Un courant d'air glacé passa dans le dos d'Alana.

— Pardon ?

— Oh ! ne fais pas l'innocente ! Tout le monde sait que tu n'as jamais songé qu'à profiter de son argent et te débarrasser de lui dès que possible. Et désormais, tu gagnes sur tous les tableaux, n'est-ce pas ? Tu as son argent, et tu peux viser le portefeuille d'un milliardaire, tout en t'offrant du bon temps avec lui en attendant que…

— Excuse-moi de t'interrompre, Eoin, le coupa-t-elle d'un ton acide, mais mon mari est mort depuis plus d'un an et demi, et je ne pense pas que ma vie privée te regarde le moins du monde.

Il lui renvoya un regard noir tandis qu'elle réalisait avoir enfin trouvé le courage de dire ce qu'il convenait de dire :

la vérité. Probablement pour cette raison, la voix de son accusateur se fit plus menaçante encore.

— Tu oublies un peu vite que tu es seule responsable de sa mort, lâcha-t-il d'un ton agressif. Et que c'est ta faute si l'équipe de football irlandaise n'a jamais réussi à surmonter la perte d'un si grand joueur ! Si tu ne l'avais pas jeté comme un vieux mouchoir au moment où il était le plus vulnérable, le…

Il jaillit d'une source inconnue, aussi impérieux qu'irrésistible : le rire d'Alana résonna dans l'air humide, et elle savoura pleinement cette hilarité libératrice. C'était tellement bon ! Peut-être était-elle au bord de la crise de nerfs, oui, c'était possible, mais elle rit, elle rit encore et sentit qu'elle ne serait plus jamais une petite chose apeurée et tapie dans l'ombre de la légende de Ryan O'Connor.

Affranchie de ce joug, elle avança d'un pas, pointa l'index sur le torse d'Eoin et le fusilla du regard.

— On va mettre les choses au clair, toi et moi, d'accord ? lâcha-t-elle. Mon mari était un menteur, un alcoolique, un coureur de jupons qui me trompait sans relâche, un joueur de poker et de machines à sous pathologique, un irresponsable, et il n'a *aucune* excuse. Je ne suis pas la seule à le savoir. Mon seul crime est d'avoir contribué à perpétuer le mythe, à avoir laissé le public continuer à croire en saint Ryan. Durant cinq ans, il a fait de ma vie un enfer. Quant à toi, Eoin Donohue, tu l'as trop bien connu pour te faire passer pour un enfant de chœur : je ne sais pas si tes fans ou ta femme aimeraient apprendre comment tu passes la plupart de tes nuits, dans des night-clubs ou des suites de palace hors de prix, en compagnie d'escort-girls qui te…

— Ta gueule, espèce de garce !

La violence de la réplique fit reculer Alana. Eoin semblait si furieux qu'il pouvait oser la frapper. Elle déglutit et prit conscience d'avoir littéralement vidé son sac. D'où lui était venue cette audace ?

Affolée, elle se retourna vers le cameraman. Ce n'était pas Derek, aujourd'hui, mais un jeune nouveau. Un doute vertigineux la fit vaciller. Derek, lui, aurait eu la présence d'esprit de *cesser de filmer.* Or, le jeune homme la dévisageait avec effroi. Alana se décomposa.

— S'il te plaît, dit-elle très lentement, dis-moi que tu avais coupé la caméra.

Il resta interdit, et rougit comme une écrevisse.

— Je…

Comprenant la portée de l'incident, elle ferma les yeux, dévastée. Un « incident » ? Hélas non ! Un séisme. Un cataclysme.

— Oh ! mon Dieu…

Dans son oreillette, une voix furieuse se mit à piailler :

— Félicitations, Cusack ! Alors là, bravo ! Tu n'as pas fait les choses à moitié ! J'espère que tu es prête pour ce qui va te tomber dessus !

Elle tourna les yeux vers le rugbyman. Il s'éloignait à grandes enjambées. Il n'avait pas même pas éprouvé le besoin d'enfoncer le clou, en dépit de la rage qui était la sienne : inutile en effet… Elle était fichue. Et elle s'était mise toute seule dans cette situation. Combien de remarques désobligeantes avait-elle entendues, depuis la mort de Ryan ? Elle aurait dû faire comme d'habitude : l'ignorer et partir. Le cameraman aurait rendu l'antenne au studio — et la messe aurait été dite. Qu'est-ce qui avait subitement changé ? Pourquoi s'était-elle défendue bec et ongles, aujourd'hui ?

La mort dans l'âme, elle leva les yeux vers l'écran géant qui retransmettait le reportage. Il diffusait une publicité, maintenant, mais le mal était fait…

Pascal vint vers elle. Il arborait un visage de marbre.

*
* *

En rentrant dans sa petite maison, à l'heure où l'après-midi déclinait, Alana se sentait éreintée, moulue, pulvérisée. Comme si elle avait été écrasée par un poids lourd. Elle se rappela le regard scandalisé de Rory lorsqu'elle l'avait rejoint en studio. Au moins, il n'avait pas tourné autour du pot : elle s'était fait virer séance tenante.

Ce match crucial et palpitant avait été diffusé dans le monde entier, et toute l'Irlande était restée en haleine devant la chaîne nationale… Le crêpage de chignons entre la présentatrice et le talonneur de la noble équipe de rugby ne risquait pas d'être passé inaperçu. Il ferait le miel des tabloïds et jetait le discrédit sur la chaîne. Sur les sponsors. Donc sur la banque de Pascal. Rory ne s'était pas privé de lui expliquer qu'en termes d'image et de communication, son « coup de folie » coûtait *des millions* aux mécènes du tournoi. D'où la gravité de ce qui ne se bornait pas à un scandale d'ordre privé. D'où aussi, la fureur inédite de son patron qui, amer, lui avait même craché au visage :

— Je savais que je commettais une grave erreur en t'engageant ! Je savais qu'on ne pouvait pas te faire confiance ! Tu n'apportes que des problèmes, que des ennuis !

— Pourtant, avait-elle observé tristement, tu as bien dû finir par me faire confiance, puisque c'est à moi que tu as confié les matchs les plus difficiles, les entretiens les plus importants.

— Oui, Alana. Et au final ? Quel est le résultat ?

Elle avait hoché la tête en silence. Ainsi, son mari avait le dernier mot. Même depuis six pieds sous terre.

Alana s'écroula sur son canapé, prise d'une nausée forcément provoquée par les émotions de la journée. À contrecœur, elle se releva, puis alla se passer de l'eau sur le visage dans la salle de bains. Puis, elle s'enferma et sortit le test de son sac.

*
* *

— Puis-je savoir quelle mouche t'a piquée ? demanda Pascal en la rejoignant en fin de soirée.

Il la couvait d'un regard mi-fâché, mi-inquiet. Alana se redressa du canapé où elle s'était assoupie. La nuit était tombée. Son compagnon ôta son nœud papillon, et elle frémit de honte. Sans cet esclandre, elle l'aurait accompagné à la réception donnée par sa banque après le match. Elle n'osait apprendre comment la célébration s'était déroulée…

— Que veux-tu que je te dise ? répondit-elle. J'avais besoin de cracher ce qui m'étranglait depuis longtemps, je suppose, et c'est sorti tout seul. J'ai lavé mon linge sale devant le public irlandais au grand complet.

Il la rejoignit sur le canapé. Sa tension faisait vibrer l'atmosphère d'électricité.

— Et devant le public international des Six-Nations, renchérit-il. Au moment où nous parlons, la vidéo de ta conversation avec Donohue bat tous les records d'audience sur Internet. À l'hôtel, pour la soirée après le match, la direction a été obligée d'appeler la police en renfort à cause des hordes de paparazzi qui campent devant chaque entrée et poussent des hurlements.

Alana se mordit la lèvre. Elle était encore sous le choc, incapable de réagir.

— Alors ? insista-t-il d'un ton bourru. Tu consens à me confier ce qui s'est passé, ou c'est top secret ?

Haussant les épaules, elle leva vers lui un regard égaré. Mais peu à peu, en lisant un certain agacement sur les traits aristocratiques de son compagnon, elle sentit sa fierté refaire surface. Ainsi, même lui la sommait de s'expliquer ?

— La médisance est un sport collectif sans règlement, déclara-t-elle d'un ton glacial. Aujourd'hui, une goutte a fait déborder le vase. Il y a des années que j'entends les pires ragots à mon sujet. Des mensonges, des commentaires perfides qui, à force d'être répétés, m'ont forgé une réputation infamante. Et injuste. On prétend que je me suis montrée cruelle avec mon mari, après l'avoir épousé pour profiter de sa gloire et de ses revenus. Que je n'avais pas le droit de le quitter et qu'en demandant le divorce je l'ai plongé dans un désespoir qui l'a tout droit conduit à l'accident. En somme, je l'ai tué. Je suis une femme vénale, sans cœur. Et une meurtrière, oui, rien que ça ! Eh bien c'est faux ! Aujourd'hui, j'ai dit la vérité. Car *tout* ce que j'ai déclaré est *vrai*.

Elle comprit qu'elle venait de parler d'une voix vibrante de colère. Qu'elle tremblait. Et que son compagnon semblait abasourdi. Trop abasourdi. Naturellement, il ne comprenait pas qu'elle soit à cran. C'était une malédiction. Le monde entier avait choisi le grand, le merveilleux Ryan.

— Alana, je crois que tu devrais respirer lentement et…

— Non merci, et je ne tiens pas spécialement à parler encore de ce sujet, le coupa-t-elle, agacée. Après tout, tu n'as qu'à croire ce que tu veux !

— Je n'ai jamais dit que je ne te croyais pas, se défendit-il avec véhémence. Bien au contraire. J'essaye seulement de comprendre…

— Écoute, dit-elle en se levant d'un bond, puisque tu veux comprendre, est-ce que ça t'ennuierait de partir et de me laisser ? Tu ne crois pas que j'ai eu mon lot pour la journée ? Tu en as bien assez fait.

— *Moi* ? s'écria-t-il, outré.

Il se planta devant elle pour la considérer d'un œil sévère.

— Alana, ce n'est pas moi qui ai fait voler en éclats l'histoire à l'eau de la rose de toute une nation avec ton défunt mari ! Est-ce que tu te rends compte de la violence du choc qu'ont reçu les fans de football irlandais, aujourd'hui ? Ils étaient en deuil de leur vedette. Évidemment, il est inadmissible qu'ils t'aient désignée comme bouc émissaire, et je suis accablé d'entendre que tu as enduré des années de malheur, des brimades et des humiliations dont tu portes encore les cicatrices. Oui, il fallait que ça sorte ; oui, tu devais le dire, je te donne entièrement raison, mais le moment et le lieu que tu as choisis sont insensés, tu ne peux pas prétendre le contraire !

— Parce que tu crois que j'ai prémédité ce coup, Pascal ? s'énerva-t-elle. Que j'ai prié le cameraman de me cadrer et que j'ai récité ma tirade ? Moi aussi je suis effarée par ce que j'ai fait, mais *je n'ai pas pu* m'en empêcher.

Un sanglot lui étrangla la voix lorsqu'elle poursuivit en cherchant son souffle :

— Il m'a provoquée. Honnêtement, s'il recommençait, là, tout de suite, je ne sais pas si je pourrais me retenir non plus.

Pascal se rappela comment son secrétaire et son attaché de presse l'avaient retenu de bondir sur Donohue lorsque celui-ci s'était montré agressif envers Alana. Son sang s'était mis à bouillir dans ses veines. Il avait eu envie de tuer cet homme. Elle était si frêle et vulnérable face à ce monceau de muscles ! Sur le moment, il avait été prêt à tout pour la défendre. Mais alors qu'il allait la rejoindre, une hystérie collective s'était emparée de ses conseillers, de ses actionnaires, du comité d'organisation du tournoi, et il avait été contraint d'affronter la tourmente : certains exigeaient de retirer immédiatement leur sponsoring, le siège de Paris voulait qu'il revienne sur-le-champ, on demandait des explications, un démenti, une suspension du tournoi…

— Il t'a provoquée, oui. Mais l'ouragan qui souffle en ce moment, c'est toi qui l'as déclenché.

La jeune femme pâlit. Pascal regretta immédiatement cette accusation. Depuis qu'il avait rencontré Alana, il se doutait qu'elle était traumatisée, qu'il s'était produit quelque chose de grave dans son passé. Que son mariage lui avait arraché sa joie de vivre. Depuis qu'elle avait levé un coin du voile, il avait du mal à se représenter ce qu'elle avait subi. Sa tête résonnait. Il avait l'impression que le monde entier faisait une tempête dans un verre d'eau. À Paris, le service financier devenait fou et pronostiquait déjà une journée noire pour la valeur des actifs de la banque, le lendemain, à la Bourse.

— C'est une réaction épidermique, lâcha-t-elle en fronçant les sourcils. L'ouragan sera retombé d'ici quelques jours. De toute façon, ils n'auront plus rien à se mettre sous la dent : je suis sans emploi.

— Pardon ?

— Rory m'a virée. En partie à cause de ta réaction et de celle de ta banque. Alors ne prends pas cet air étonné.

Elle voyait bien qu'il se faisait un sang d'encre à propos des répercussions financières de ce stupide épisode, et qu'il se fichait comme d'une guigne du prix qu'elle allait payer, elle, pour ces quelques minutes de fracas médiatique.

— Je le suis, pourtant, affirma-t-il. J'ignorais qu'il avait fait ça.

— Eh bien il l'a fait, répéta-t-elle d'une voix chevrotante.

— Il ne me serait pas venu à l'esprit de suggérer une chose pareille. Personne ne devrait perdre son travail pour un écart aussi dérisoire. C'est n'importe quoi.

L'accent de sincérité qui émaillait sa voix fit tomber son ressentiment. Elle poussa un long soupir. Pascal était français. Il ne pouvait pas deviner qu'ici, en Irlande, avec un taux de peuplement si faible, un scandale était monté en épingle au-delà de toute mesure et pouvait durer des semaines. En un claquement de doigts, quelqu'un perdait son emploi. Mais ce n'était plus sa première préoccupation. Elle se passa une main sur le ventre. Cette excitation, cette colère… Ce n'était pas bon pour elle. Elle devait apprendre à conserver son calme, au moins pendant…

— Qu'est-ce qu'il y a ? demanda-t-il en la dévisageant avec insistance.

— Rien, répondit-elle, rouge de confusion.

Il parut suspicieux.

— Rien, répéta-t-elle, en dehors du fait que je suis sans emploi et que je vais bientôt me retrouver également sans domicile.

— Qu'est-ce que tu racontes, Alana ?

Elle se mordit la lèvre, regrettant d'en avoir trop dit. Mais au point où elle en était…

— Je veux dire que sans salaire je ne vais plus pouvoir honorer mes mensualités. Je vais perdre cette maison.

Il fronça les sourcils.

— Comment cela ? En dépit de tout ce qui s'est passé entre vous, ton mari a dû de te laisser une petite fortune, à son décès.

Elle ferma un instant les yeux. N'avait-elle pas mis le mensonge derrière elle une bonne fois pour toutes, aujourd'hui ? Pascal méritait la vérité.

— C'est une légende, lâcha-t-elle. Ryan a joué dix fois les sommes qu'il a gagnées en allant boire avec des gens comme Eoin, ou en escapades à Las Vegas en jet privé, pour des séjours dans des suites luxueuses avec call-girls et drogues à volonté. Lui et sa bande, ils se comportaient *tous* comme ça. Quand Ryan est mort, le montant de ses dettes s'élevait à plusieurs millions, et personne ne le savait. Notre divorce n'ayant pas été prononcé, j'ai eu droit à cet héritage. J'ai vendu la villa, j'ai dû me déclarer en faillite, et grâce à mes petites économies j'ai pu acquérir ce cottage sous hypothèque, à condition de verser un remboursement assez imposant chaque mois. Autrement dit, je peux déjà faire mes valises.

Pascal la contemplait en affichant une expression horrifiée, ce qui ne la mit pas davantage à l'aise. À ses yeux, elle avait probablement toujours été une ex-épouse de star, et elle venait juste de passer au stade inférieur : l'ex-épouse de star ruinée.

— Je vais parler à Rory, annonça-t-il.

— Non ! Cela ne ferait qu'aggraver les choses. L'excitation ne peut pas retomber si j'apparais à l'écran.

— Dans ce cas, tu travailleras à la rédaction pendant quelques mois.

Elle secoua la tête avec obstination.

— Ça ne marcherait pas.

Elle ne tenait guère à subir les regards en coin de ses collègues du matin au soir.

— Et ta famille ? s'enquit-il en la regardant droit dans les yeux. Tes parents savent ce qui s'est passé, eux, n'est-ce pas ?

Non sans un pincement au cœur, elle détourna le regard. Il lui était pénible d'aborder ce sujet en sachant qu'il ne pourrait pas comprendre ce qui l'avait poussée à se taire.

— Non. Ils ne sont au courant de rien. Au fond, je suis aussi coupable que Ryan, j'ai joué la même comédie que lui.

Elle hésita avant de poursuivre :

— Mon père a une santé fragile. Mes parents vivent confortablement, mais ils ont travaillé très dur pour avoir une retraite satisfaisante, et il n'est pas question que mes erreurs les privent du peu de confort qu'ils ont.

— Tes *erreurs* ? répéta-t-il. C'est ainsi que tu considères ton mariage ?

— Oh oui ! Et c'est aussi pourquoi je suis déterminée à ne pas me laisser prendre au piège une seconde fois.

— Si je suis ton raisonnement, tu es en train de m'annoncer qu'à tes yeux notre relation est une erreur en gestation ?

— Mais je… Non ! De quoi parles-tu ?

Quel rapport voyait-il entre leur liaison et un éventuel mariage ? Ce n'était pas elle qui ne savait plus ce qu'elle disait. C'était lui.

Déroutée par le tour que prenait leur conversation, elle se réfugia dans la cuisine pour avaler un verre d'eau, et il la suivit. Lorsqu'elle se retourna contre le comptoir, elle se rappela, affolée, qu'elle y avait posé le test. Le plus discrètement possible, elle tâcha de se poster devant, puis de le pousser dans la poubelle. Sa maudite peau irlandaise, prompte à rougir à toute émotion, ne manqua pas de la trahir. Pascal s'approcha davantage et la scruta avec attention.

— Qu'est-ce que tu fais ? demanda-t-il.

— Rien.

— Non ? Alors qu'est-ce que tu caches ? reprit-il, une lueur moqueuse dans les yeux.

— Rien ! s'exclama-t-elle en attrapant prestement le test qu'elle glissa sous la manche de son chemisier, contre son poignet.

Pascal poussa un profond soupir.

— Si ce n'est rien, pourquoi refuses-tu de le montrer ? Qu'est-ce que c'est ?

— Mais parce que… Parce que… c'est un stupide accessoire féminin, marmonna-t-elle, pourquoi est-ce que tu t'entêtes à…

Sans effort, il venait de lui saisir le poignet et de prendre le test. Mortifiée, elle voulut disparaître entre les lattes du parquet.

# 10.

Alana avait fermé les yeux. Même un enfant de six ans pouvait comprendre qu'un ovale rose rempli d'une goutte rose signifiait que le test était positif.

Un long silence pesa dans la pièce. Enfin, Pascal observa d'un ton dangereusement calme :

— Pour un accessoire féminin, il est tout sauf stupide. Et si tu veux mon avis, ce qu'il révèle n'est pas « rien ». Comment est-ce possible ? Je croyais avoir été prudent…

— Oui. Mais pas dans la voiture, à Rome, murmura-t-elle. Ni sous la douche.

Elle baissa les yeux.

— Et tu comptais en faire un nouveau secret ? Tu considères que c'est une autre *erreur* ?

Sa voix vibrait de colère.

— Non, Pascal, non… J'ai fait le test juste avant que tu arrives, expliqua-t-elle. J'avais du retard, je me sentais vaguement nauséeuse, alors je l'ai acheté ce matin à la pharmacie. Naturellement, j'allais te le dire.

— Vraiment ? demanda-t-il d'un ton cinglant. C'est difficile à croire. Tu t'apprêtais à jeter ce test à la poubelle. Une métaphore de tes projets pour notre bébé ?

« Notre bébé » ? Stupéfaite par sa promptitude à accepter la situation, elle resta quelques instants bouche bée.

— Je n'avais rien décidé, et certainement pas ce que tu insinues, se défendit-elle en protégeant instinctivement son ventre encore plat de sa main. Je t'assure que je voulais t'en parler. Tu ne veux pas l'entendre, mais c'est tout juste si j'ai eu une minute pour assimiler moi-même ma découverte. Tu admettras peut-être que la journée a été bien remplie, du côté des nouvelles fracassantes.

Pascal était conscient de manquer de la plus élémentaire délicatesse envers Alana qui, en effet, avait eu son lot d'émotions pour la journée. Mais pour la première fois de sa vie, il laissait s'exprimer un besoin fondamental venu du plus profond de lui-même. Il savait d'où lui venait ce réflexe. C'était son grand-père qui le lui avait transmis. Car l'instinct qui naissait en lui était celui d'un père de famille. Et avec cet instinct rejaillissait le souvenir de l'enfant rejeté qu'il avait été. Son désir de protéger le fruit de ses entrailles n'en était que plus intense. *Son* bébé ne souffrirait jamais des manques qu'il avait connus. La force de sa résolution l'étonna lui-même.

— Bon, soupira-t-elle en faisant quelques pas dans le salon. C'est arrivé, c'est ainsi. J'assume ma responsabilité, et je ne t'en voudrai pas.

— Vraiment ? C'est très généreux de ta part, railla-t-il.

— Oh ! tu vois très bien de quoi je parle répliqua-t-elle. Tu ne vas pas me faire croire que tu es ravi de faire face à une… Une…

— Une quoi ? Une maîtresse enceinte ?

— Je déteste ce mot, protesta-t-elle. Je ne suis pas ta maîtresse.

— Alors peux-tu me dire ce que tu es, Alana ? S'il te plaît. Je t'écoute.

Elle croisa les bras sur sa poitrine et soutint son regard de défi.

— Je suis ta dernière conquête en date. Ta plus récente aventure. Celle qui se situe entre la précédente et la prochaine.

Satisfaite de sa réponse, elle ignora la douleur qui lui vrillait la poitrine. Pascal affichait une expression plus dure.

— Peut-être, mais tu es surtout ma compagne enceinte de moi, ce qui bouleverse intégralement la situation.

— Pourquoi ? Tu ne vas pas essayer de me convaincre que tu sautes de joie !

— Je ne te vois pas danser non plus, opposa-t-il, sur la défensive. Qu'est-ce qui te permet d'affirmer que je ne veux pas d'enfants ? Que je n'ai pas toujours eu pour projet d'en avoir un jour ?

— C'est le cas ?

Pascal regretta de l'avoir aidée à le mettre au pied du mur. Il n'avait pas envie de prononcer de déclaration définitive, dans l'état où il était — assommé, sous le choc. L'après-midi tout entier avait tourné de façon irréelle, et il n'en pouvait plus de tourbillonner avec des événements sans queue ni tête. Que faisait-il au milieu d'une maison de poupées au centre de Dublin, auprès d'une femme qui avait retourné sa vie comme une crêpe ? Elle avait réglé ses comptes avec un joueur de rugby sous les yeux de la planète entière et venait de lui annoncer qu'elle attendait un enfant de lui, alors qu'ils se fréquentaient depuis trois semaines. Il aurait dû prendre ses jambes à son cou et se débrouiller pour qu'elle ne le retrouve jamais, conformément au scénario le plus logique dans un cas pareil. Non seulement il ne le faisait pas, mais il n'en avait même pas envie. Ce qu'il désirait le plus ardemment, en cet instant, c'était lui faire l'amour.

— Oui, dit-il. Évidemment. J'ai toujours souhaité fonder une famille… Un jour ou l'autre.

Revenant à la situation présente, il enchaîna :

— Et toi ?

— Oui, répondit-elle après avoir marqué une pause. J'ai toujours voulu avoir des enfants. Nous avons essayé, avec Ryan, mais ce n'est pas arrivé. Aujourd'hui j'en suis infiniment soulagée. Aucun enfant ne mérite de naître au sein d'un couple désuni.

— Ah ! Et dans notre cas, Alana, comment crois-tu que ça va se passer ?

Seigneur, il était si distant, si méfiant… Si froid ! Il était évident qu'il lui en voulait beaucoup. Marchant sur des œufs, elle répondit :

— Il ne va rien se passer. Nous allons avoir un enfant ensemble, c'est tout. Je ne vais pas t'épouser, Pascal.

— Tiens, c'est curieux. Je ne me souviens pas à quel moment je t'ai demandé ta main, lâcha-t-il avec cynisme.

— Inutile de te montrer si désagréable.

— Pourquoi désagréable ? Ce n'est pas supposé se dérouler de cette façon ? Et est-ce que tu me prends pour un masochiste, Alana ? Pourquoi aurais-je envie d'épouser une femme qui n'a aucun désir de m'avoir pour mari ?

— Peut-être afin d'avoir les pleins pouvoirs sur notre enfant ? suggéra-t-elle, déjà prête à rugir telle une lionne pour protéger son bébé.

— Sois certaine d'une chose, Alana, dit-il en approchant d'un pas vers elle. Je n'aurai pas moins de pouvoir que toi sur lui. Il portera mon nom, et j'entends participer à chaque étape de sa vie et de son éducation.

— Mais…

Terrifiée, elle le contempla. Il était sérieux. Et l'individu qui lui faisait face n'était plus son amant, aussi fougueux qu'attentionné, mais l'homme d'affaires d'envergure internationale qui faisait trembler toutes les sphères du pouvoir.

— Je ne comprends pas, reprit-elle d'une voix altérée par l'effroi. Comment est-ce que ça peut fonctionner de cette manière ?

Le sourire de son compagnon exprimait la victoire.

— C'est très simple. À partir de maintenant, tu viens vivre avec moi à Paris. Nous mettrons tout au point depuis mon appartement.

*
* *

Trois jours plus tard, Alana parvenait enfin à la conclusion qu'elle n'avait pas eu le choix. Inutile de se torturer plus longtemps. Ses révélations en direct avaient abasourdi sa famille. Tout le pays restait sous le choc. Durant plus de quarante-huit heures, des journalistes avaient campé dans le jardin de ses parents afin de leur arracher un commentaire. Il avait fallu que Pascal intervienne et leur envoie un service de protection rapprochée afin de remettre de l'ordre. Comme elle ne s'était jamais confiée à personne, ses frères et ses sœurs ne pouvaient rien pour elle — en tout cas, elle n'oserait jamais leur demander de l'aide. Elle ne pouvait rien faire de mieux que disparaître un moment, se faire oublier. C'était dans son propre intérêt. Séjourner quelques semaines chez le futur père de son enfant n'était donc pas l'option la plus stupide à prendre. Quelques semaines ou quelques mois, car il lui était difficile de pronostiquer la durée minimale de la convalescence des Irlandais, après la gifle retentissante qu'elle leur avait infligée. Inutile de revenir tant qu'elle n'aurait pas trouvé un nouveau poste.

Au cours du vol, elle parvint à la conclusion qu'elle n'avait pas la main et que la patience serait sa meilleure alliée.

Au dernier étage d'un immeuble dominant les Champs-Élysées, l'appartement de Pascal offrait une vue imprenable sur les toits de Paris. Alors que son hôtel romain avait quelque chose de familial, ce penthouse appartenait à un autre genre. De somptueuses toiles de maître ornaient un salon au parquet de plusieurs siècles, et chaque détail, des hautes fenêtres aux marbres des cheminées, inspirait révérence et dignité.

C'était un lieu de vie et de travail idéal pour un célibataire. Du point de vue d'Alana, il manquait un soupçon d'âme et de personnalité dans cet espace.

Ils étaient arrivés la veille à 18 heures et, comme à Rome, il lui avait donné une chambre d'amis où elle disposait de sa propre salle de bains. Puisqu'il ne semblait plus désirer qu'ils partagent un lit, Alana se demandait quel rôle il comptait lui assigner. De toute façon, après l'avoir invitée à s'installer, il était aussitôt parti travailler. Après avoir pris une douche, à l'heure de se coucher, elle l'avait trouvé dans la cuisine où, avalant un café debout, il lui avait annoncé qu'il resterait dans son bureau jusqu'à tard dans la nuit.

Ce matin, en allant se préparer un petit déjeuner, elle avait découvert un mot sur la table du salon :

« Si tu as besoin de quoi que ce soit, appelle mon assistante. J'ai ouvert un compte à ton nom, il est approvisionné, et un coursier te portera la carte de retrait. Fais comme chez toi. Je vais rentrer tard, ne m'attends pas. Je dîne dehors.

Pascal »

Voilà, songea-t-elle, abattue. C'était ce qui l'attendait. Elle était enceinte de Pascal Lévêque, au centre d'un monstrueux scandale dans son pays, et priée de s'en tenir à… À quoi, au juste ?

— Je t'ai pris un rendez-vous avec une gynécologue dont le cabinet est à deux pas d'ici. Il faut que tu commences à prendre soin de toi et du bébé.

Alana demeura un instant pétrifiée. Il y avait une semaine qu'elle se morfondait dans la solitude, qu'elle avait arpenté les rues de Paris telle une âme en peine, et Pascal lui donnait maintenant des ordres qu'elle devait suivre à la lettre, selon le calendrier et les conditions de son choix.

Elle fronça les sourcils.

— J'aimerais mieux choisir moi-même mon médecin, répondit-elle. Dublin n'en manque pas.

Son compagnon leva les yeux au ciel, visiblement exaspéré.

— C'est l'une des meilleures spécialistes à Paris. Pourquoi veux-tu mettre ce bébé au monde à Dublin ? Tu es ici, pour le moment, Alana.

— Nous n'en avons pas discuté, Pascal. Je tiens à ce que mon enfant naisse en Irlande. Chez moi. Je te rappelle que je suis ici de façon temporaire, en attendant que la tempête retombe.

— *Notre* enfant, corrigea-t-il.

— *Mon* enfant, insista-t-elle. Nous ne sommes pas en couple, ce n'est pas une relation orthodoxe. Je veux bien que tu joues ton rôle, mais je prends seule les décisions qui concernent mon corps et ma vie.

— Le système médical français est le meilleur du monde, assena-t-il avec arrogance.

Alana eut envie de répliquer, mais elle se ravisa. Il avait raison.

— Admettons, concéda-t-elle. En tout cas, quand le bébé sera là, je veux qu'il bénéficie du soutien de ma famille. Je n'ai personne, ici.

À mesure que les jours s'écoulaient, elle commençait à paniquer. Qu'est-ce que Pascal était en train de faire ? La maintenir à l'écart de tout ? Lui offrir une cage dorée ?

Il la dévisagea d'un air si perplexe qu'elle en fut décontenancée.

— Je ne comprends pas, avoua-t-il. Tu n'as jamais voulu obtenir le soutien de tes parents ni de tes frères et sœurs quand tu étais désespérée, mais maintenant que nous allons avoir un bébé, tu prétends tout leur raconter ? Te montrer franche et ouverte avec eux ?

Alana blêmit. Elle devait admettre qu'il marquait un point.

— Dis-moi la vérité, enchaîna-t-il. Tu n'as encore rien dit à tes parents, n'est-ce pas ?

— Je… Je ne veux parler de ma grossesse à personne tant que je n'aurai pas passé le seuil fatidique du troisième mois, expliqua-t-elle d'un ton nerveux. D'ici là, tout peut arriver. Il est trop tôt pour… Je pourrais…

Incapable d'aller plus loin, elle essuya les larmes qui venaient de lui monter aux yeux.

— Ne dis pas ça, dit-il en s'approchant d'elle. Je suis certain que vous allez très bien, le bébé et toi. Admets seulement que tu as besoin d'une première consultation, ne serait-ce que pour te rassurer, d'accord ?

Elle prit une longue inspiration, tomba dans un fauteuil et acquiesça.

Pascal vint alors s'accroupir devant elle et la regarder longuement.

— Qu'est-ce qui ne va pas, Alana ? Tu sembles mal à l'aise, anxieuse.

Stupéfaite, elle lui retourna un regard choqué.

— Vraiment ? Tu trouves ? Oui, c'est étrange ! Voyons, que je réfléchisse. En une semaine, j'ai perdu mon travail, découvert que j'étais enceinte, quitté ma maison et mon pays… Et puis je me suis retrouvée seule pendant huit jours, avec rien d'autre à faire que réfléchir à tout ça.

Malgré elle, elle sentit son émotion la bouleverser. Des larmes se remirent à couler silencieusement sur ses joues. Peut-être son système hormonal commençait-il à bouillonner.

— Tu as raison. Pardonne-moi. Je regrette de t'avoir abandonnée toute la semaine.

— Ce n'est pas grave, murmura-t-elle.

— Si. Viens.

Il la prit par la main, l'invita à l'accompagner sur un canapé et à se blottir contre lui, au creux de son épaule.

Dès qu'elle sentit sa chaleur, dès que son eau de Cologne vint caresser ses narines, elle se sentit profondément mieux.

— Il faut que je te fasse un aveu, reprit-il. Si j'ai été aussi absent…

— Oh ! tu n'as pas à t'expliquer ! Je sais que tu dois travailler, et que tu…

— Je t'en prie, écoute-moi, lui demanda-t-il en posant un doigt sous son menton afin de la contraindre à le regarder droit dans les yeux.

Surprise, elle s'exécuta.

— Je suis resté délibérément loin de toi, reprit-il. Parce qu'il suffit que je sois deux minutes en ta présence pour éprouver un besoin urgent de t'emmener dans un lit. Or, dans ton état, ce n'est probablement pas recommandé.

Il lui fallut une bonne minute pour comprendre ce qu'il lui disait. Il était la proie d'un tel désir ? Et c'était elle qui le lui inspirait ?

— Oh !

— Oui : oh ! renchérit-il.

— Mais Pascal… D'après ce que je sais, rien ne s'oppose à ce que nous… Ce n'est pas un problème. D'ailleurs, beaucoup de femmes ignorent qu'elles sont enceintes au stade où j'en suis.

Ne voyait-il pas qu'elle se consumait de désir pour lui, elle aussi ?

— Comment te sens-tu, maintenant ? demanda-t-il.

Elle avait follement envie qu'il se jette sur elle, follement envie de savourer le goût de ses baisers et de sa peau. Follement envie de le sentir en elle. Tandis qu'une boule de feu se formait dans son bas-ventre et que ses seins se tendaient sous son T-shirt, elle murmura :

— Très bien. Je n'ai pas eu de nausées depuis plusieurs jours. Alors, sauf si ça revient, je…

— Tu vois, soupira-t-il. Nous ne savons pas. Il faut

attendre demain, que tu aies vu ce médecin. Nous suivrons ses conseils.

Malgré sa frustration, elle acquiesça et se pressa plus étroitement contre lui.

— Ce n'est pas tout, ajouta-t-il avec douceur.

Elle leva un regard inquiet vers lui.

— Tu as besoin de moi, Alana. Au moins temporairement. Laisse-moi prendre soin de toi et du bébé. Tu ne vas pas pouvoir rentrer en Irlande tout de suite. Sois patiente. En attendant, nous pouvons nous concentrer sur notre enfant et nous préparer à devenir parents.

Il entrelaça les doigts dans les siens, et elle se laissa attirer contre son large torse. Il avait raison. Une trêve était indispensable. Et le simple fait de savoir qu'il avait encore envie d'elle la bouleversait.

Pour la première fois depuis son arrivée, elle passa une nuit paisible.

# 11.

Après avoir rassuré les futurs parents et affirmé que le bébé comme sa mère étaient en parfaite santé, la gynécologue donna son feu vert. Pour célébrer la nouvelle, Pascal invita Alana dans l'un des meilleurs restaurants de la ville. Durant toute la nuit, ils firent l'amour. Alana eut l'impression de revivre.

Mais c'était une semaine plus tôt, et depuis quelque chose n'allait pas : sans qu'elle s'en explique la raison, Pascal ne la touchait plus. Loin de l'abandonner à elle-même, il lui consacrait au contraire beaucoup de temps : ils prenaient tous leurs repas ensemble. Parfois, ils sortaient, ou bien ils cuisinaient dans l'appartement, l'un près de l'autre.

Alana souffrait. Le manque physique était cruel. À tout moment de la journée, elle avait envie de l'embrasser. Tandis qu'elle brûlait pour lui d'un désir de plus en plus ardent, il semblait évident qu'elle ne l'attirait plus.

Comme pour contourner ce malaise grandissant entre eux, il ne cessait de parler.

— As-tu pensé à ce que tu voudrais faire ? demanda-t-il, comme ils étaient attablés dans une excellente brasserie de son quartier.

Il était tôt, mais exceptionnellement Pascal avait insisté pour qu'ils sortent afin de prendre un copieux petit déjeuner sur la terrasse de cet enseigne de renom : en cette matinée encore fraîche, le soleil brillait de tous ses feux. Alana était heureuse de savourer sa caresse sur ses joues.

— Je vais prendre des cours de français, répondit-elle. Il faut que je fasse des progrès, d'autant plus que je songe à chercher du travail. Des chaînes anglophones sont implantées à Paris : on ne sait jamais, l'une d'elles pourrait avoir besoin d'un animateur sportif de façon temporaire.

Il hocha la tête.

— Je vais voir si j'entends parler de quelque chose. Tu devrais trouver les annonces sur Internet, et comme je te l'ai souvent dit, n'hésite jamais à t'installer dans mon bureau autant que tu le souhaites.

— Merci.

Elle ne savait que penser de son encouragement à être autonome et indépendante. Était-ce ce qu'elle espérait de sa part ? Pas si sûr.

Elle réalisa à cet instant qu'elle le contemplait avec ébahissement, et il en fut froissé.

— Tu t'attendais à autre chose, apparemment, observa-t-il d'un ton cassant. Pour qui me prends-tu ? Tu crois que j'ai envie de t'empêcher de retrouver une vie professionnelle ? De te mettre sous cloche ?

Elle réprima un sourire. La situation était assez ironique car, en dépit de ce beau discours, jamais elle n'avait été moins indépendante. Et oui, elle vivait sous cloche.

— Tu te méprends sur ma réaction, Pascal. Je te suis reconnaissante d'assumer mes mensualités pour couvrir les dettes de Ryan et mon hypothèque pendant que je suis à Paris avec toi. Mais ça me gêne, et j'ai hâte de commencer à te rembourser.

Lorsqu'il lui avait proposé d'être son relais financier en attendant qu'elle retrouve un travail, elle n'avait pas eu le choix.

Au lieu d'apaiser son compagnon, ses paroles augmentèrent sa tension.

— Tu sais parfaitement que ces sommes sont une goutte d'eau pour moi. Tu es la mère de mon enfant : je te *dois* cette protection, et je te la dois doublement puisque le motif officiel de ton renvoi est associé au nom de ma banque. Tu es enceinte parce que je me suis montré négligent, à Rome, en matière de contraception. Alors s'il te plaît, ne parle plus jamais de me rembourser quelques centaines d'euros. Je ne veux pas de ton argent.

Il s'était mis en colère, constata-t-elle, désarçonnée.

— J'ai été tout aussi négligente que toi côté contraception, lui rappela-t-elle. Nous partageons cette responsabilité. Pascal, tu sais très bien qu'il ne s'agit pas d'une petite somme. Je ne veux pas me montrer ingrate, mais vois-tu…

Elle hésita un instant avant de reprendre :

— Ryan refusait que je travaille, alors que j'avais atteint le niveau de la licence à l'école de journalisme. Je ne peux pas m'empêcher de penser que si j'avais eu un poste et un salaire, au cours de mon mariage, la chute n'aurait pas été si rude. Quand il est mort, j'ai obtenu le droit d'être indépendante pour la première fois de ma vie, et je me suis juré de ne plus jamais dépendre de quelqu'un.

Son compagnon s'enfonça dans son siège pour la considérer avec attention.

— C'est la raison pour laquelle tu ne t'es jamais épanchée auprès de personne, et tu as ensuite bataillé dur pour obtenir ton job ?

— Comment le sais-tu ?

— Rory Hogan me l'a dit.

Alana déglutit lentement.

— Je suppose qu'il t'a également parlé de mon mari ?

Pascal confirma d'un hochement de tête. L'inquiétude et la bienveillance se lisaient dans ses yeux bruns.

— Pourquoi l'as-tu épousé, Alana ? Tu devais bien voir quel genre de garçon c'était.

— Non, rétorqua-t-elle d'un ton glacial.

Un silence se fit entre eux, et elle regretta de s'être montrée aussi tranchante.

— Et toi ? demanda-t-elle en arrimant le regard au sien. Comment se fait-il que tu ne sois pas casé avec femme et enfants, Pascal ? Ce ne sont pas les occasions qui t'ont manqué, et je suis sûre que tu as dû connaître des femmes merveilleuses…

Un frisson de jalousie la parcourut, comme elle prononçait ces mots. Elle l'ignora.

— Nous ne sommes pas si différents que tu l'imagines, toi et moi, dit-il d'un ton grave. Tu sais, Alana, quand on est éduqué par une mère célibataire qui rêve d'épouser le premier qui passe en se persuadant que c'est la définition du bonheur, on voit le mariage d'un œil méfiant.

Il était si rare qu'il se livre qu'elle retint son souffle, en espérant qu'il allait poursuivre. Comme il n'en faisait rien, elle demanda :

— Pourquoi ? Qu'est-ce qui la poussait à vouloir si fort un époux ?

Une ancienne douleur passa sur son visage et disparut aussitôt. Elle aurait pu le jurer, elle l'avait vue. Quand il releva les yeux vers elle, il sourit tristement.

— Mon père était un homme marié. Il habitait la même ville qu'elle et, à dix-huit ans, elle a noué une liaison avec lui. Elle l'a fait parce qu'il lui a promis de quitter femme et enfants pour elle et, naturellement, ce n'est jamais arrivé. En disgrâce chez elle, elle s'est installée à Paris et m'a donné naissance. Dans sa tête, c'était scellé : son devoir était de se trouver un mari. Or, à l'époque, aucun homme ne voulait d'une fille-mère et de son marmot.

Elle vit sa pomme d'Adam s'agiter. Il reprit :

— Lorsque je suis parti vivre chez mon grand-père, mon père habitait la même ville. Il savait parfaitement qui j'étais. Dans les rues de cette ville minuscule, je le croisais au moins une ou deux fois par jour, et il faisait comme si je n'existais pas. Je suppose qu'en rentrant chez lui il jouait au mari et au père modèle. J'ai des demi-frères et sœurs que je ne connaîtrai jamais. Et c'est pour cela que je n'ai jamais eu envie de me marier. Une institution qui encourage un homme à tourner le dos à la chair de sa chair, uniquement parce qu'elle est respectée…

Alana frémit et sentit son cœur saigner. Elle avait envie de prendre sa main, mais puisque tout contact avec elle lui répugnait, elle s'en abstint.

— Tu ne te conduirais jamais de cette façon, Pascal, dit-elle. Et autour de nous, des hommes et des femmes qui ont des enfants retrouvent un compagnon pour poursuivre leur vie. Ta mère n'a pas eu de chance. Elle a dû beaucoup souffrir de sa solitude.

La main de Pascal se resserra sur sa serviette de table. Alana comprit qu'elle avait parlé trop vite.

— Elle n'a jamais cessé de me reprocher le destin injuste qui l'accablait, avoua-t-il. Elle me rendait seul responsable de son malheur… Et elle en est morte. Le cancer l'a emportée alors que j'avais quatorze ans.

— Je… Je suis désolée. Si compliquée qu'ait été votre relation, c'était quand même ta mère. C'est ainsi que tu es parti vivre chez ton grand-père ?

Il acquiesça de façon abrupte. Alana comprit que, comme elle, il ne savait pas s'ouvrir aux autres. Cette confession lui avait coûté.

— Quel est le lien entre ton grand-père et le rugby ? demanda-t-elle. Je ne comprends pas comment tout cela s'est articulé…

— C'est la journaliste qui me pose cette question ? Tu veux un scoop ?

Il était sur la défensive, sa question était posée d'une voix glaciale, mais Alana détendit l'atmosphère en se mettant à rire de bon cœur.

— Voyons, Pascal, bien sûr que non.

Face à elle, le visage de son compagnon s'adoucit. Lentement, très lentement. Puis, sous la table, il prit sa main dans la sienne. Une myriade de frissons courut à la surface de sa peau, suivie d'une douce chaleur. Il y avait si longtemps qu'elle rêvait de ce contact !

— Tu as raison. Je me suis montré ridicule. Mais c'est un sujet très intime, et… Tu as fini ? demanda-t-il.

— Euh… oui, répondit-elle, surprise. Pourquoi ?

— Viens !

Une excitation particulière se percevait soudain dans sa voix. Alana posa immédiatement sa serviette et se leva. Quelque chose, dans leur conversation, avait fait sauter un verrou. La distance qui s'était installée entre eux semblait fondre et, le cœur battant d'impatience et de curiosité, elle le suivit.

Elle n'était jamais descendue dans le parking souterrain de l'immeuble de Pascal, et elle fronça les sourcils en le voyant se diriger vers une imposante Mercedes qui n'avait rien d'une berline ni d'un coupé sport.

— Qu'est-ce que c'est que ça ? demanda-t-elle. Ce n'est pas ta voiture.

— J'ai plusieurs voitures, mais tu as raison, celle-ci est neuve.

Il lui ouvrit la portière, et elle s'installa dans un spacieux habitacle muni de six sièges à l'arrière.

— C'est une familiale ? lâcha-t-elle, stupéfaite.

Il se contenta de sourire et de mettre le moteur en marche.

— Tu ne te sens pas malade ? Si la nausée te reprend, dis-le-moi tout de suite, d'accord ? insista-t-il, tandis qu'ils traversaient le nord de la capitale.

— Tout va bien, répondit-elle d'un ton distrait, tant son cœur battait la chamade.

— J'ai acheté cette voiture pour toi. Tu en auras besoin.

Mais comme la circulation parisienne peut être rude, je préfère que tu la conduises d'abord avec moi.

Bien sûr. Le fol espoir qui venait de naître en elle s'envola. Il ne songeait qu'à préparer la suite : sa future vie de mère célibataire. La voiture familiale était pour elle et son enfant. Pas pour la famille au complet.

— Où allons-nous, Pascal ?

— Tu vas voir.

Ils étaient remontés au penthouse le temps de se changer, car il avait insisté pour qu'elle s'habille chaudement. Intriguée, Alana regarda le paysage défiler. Vingt minutes s'écoulèrent, et les belles avenues disparurent au bénéfice de quartiers plus populaires. Derrière le périphérique, les hauts immeubles de sièges d'entreprise affichaient leurs enseignes au néon. Puis, le décor changea de façon radicale. Alana se redressa sur son siège et serra machinalement son sac, posé sur ses genoux. De tristes barres d'immeubles poussaient comme des champignons malades au milieu d'une zone urbaine dévastée. La banlieue qu'elle contemplait semblait désolée, inhabitable.

— C'est ici que tu as grandi ? demanda-t-elle, le souffle court.

— Pas exactement, mais à côté, oui.

Son compagnon s'exprimait avec vivacité. Elle se tourna vers lui. Il semblait joyeux, impatient.

Il ralentit, et la voiture passa devant la cour d'une école. Alana regarda avec curiosité les femmes qui formaient un petit groupe au milieu d'un square et discutaient avec animation, avant d'aller récupérer leurs enfants. Ils s'enfoncèrent ensuite dans une zone totalement déserte. Les immeubles semblaient abandonnés.

Pascal se gara devant un bâtiment très imposant, qui ne manquait pas d'élégance, avec sa façade en briques rouges et son grand portail en chêne. Une ancienne usine, probablement. Ou une prison ?

De plus en plus décontenancée, elle suivit son compagnon. Après avoir sorti un grand sac du coffre de la voiture, Pascal serra sa main dans la sienne. Puis, il l'entraîna vers une petite porte, quasiment dérobée. Il composa un code et l'entraîna à l'intérieur. Visiblement réjoui, il sourit à un agent de sécurité, échangea quelques mots avec lui, remonta un long couloir et posa la main sur la poignée d'une porte. Il se retourna.

— Tu es prête ? demanda-t-il en arrimant le regard au sien.

Un regard étincelant de malice et d'enthousiasme. Alana avait conscience de passer un test. Non seulement elle avait toute confiance en lui, mais malgré sa perplexité elle trouvait en plus l'excitation de Pascal contagieuse.

— Oui ! s'exclama-t-elle, amusée.

Dès qu'il poussa la porte, ils se retrouvèrent dans un gymnase. Ébahie, Alana regarda des douzaines de garçons se jeter sur Pascal en criant. Passé le premier instant de stupeur, elle comprit que ces solides adolescents aux airs de rappeurs en rébellion manifestaient leur amitié. Elle n'avait pas peur : son compagnon riait et répondait aux assauts de ces jeunes gens en frappant dans leurs mains.

L'un des plus massifs la gratifia d'une légère tape sur l'épaule, et elle sourit, comprenant qu'elle se trouvait dans un milieu fortement imprégné de rituels.

— Ce geste signifie que tu viens d'être acceptée par l'un des chefs de gang les plus importants de la ville, murmura-t-il à son oreille, un accent de fierté dans la voix.

— Pascal… Où sommes-nous ?

Sans répondre ni lâcher sa main, il l'entraîna dans un dédale de couloirs menant à une cour extérieure, et Alana laissa échapper une exclamation en découvrant un terrain de rugby. Un homme qu'elle reconnut vint vers eux. C'était Mathieu Dubreuil. Ancien rugbyman lui-même, il avait entraîné plusieurs équipes en Europe, et avait récemment pris sa retraite. Tous trois discutèrent un moment, avant de s'avancer vers le terrain où une dizaine d'adolescents se faisaient des passes.

— Nous sommes dans un centre d'entraînement de rugby et d'athlétisme, annonça-t-il répondant enfin à sa question. Ici, les jeunes des banlieues qui sont sortis du circuit scolaire trouvent une seconde chance.

— C'est *toi* qui as créé cet institut ?

Modeste, il hocha la tête. Elle sentit quelque chose vaciller en elle. Le milliardaire envié de tous restait fier de ses racines. Sa générosité semblait sans limites.

— Installe-toi, suggéra Pascal en lui désignant un banc.

Une femme vint lui porter une tasse de chocolat chaud et, médusée, elle regarda son compagnon ouvrir son sac, changer de tenue et rejoindre les joueurs.

Une partie informelle s'engagea. Pascal était vif, précis dans chacun de ses mouvements. Son jeu de jambes l'impressionna, ainsi que sa puissance d'accélération. Il n'avait pas peur de se salir, encore moins de se faire bousculer par des jeunes gens d'une stature presque aussi imposante que la sienne.

Elle ne vit pas le temps passer. Lorsqu'il la rejoignit, sale et heureux, et elle lui retourna un regard ébloui.

— C'est extraordinaire. Tu es un très bon joueur, Pascal… Comment se fait-il que tu n'aies pas choisi une carrière de sportif ?

— Mon grand-père s'est aperçu que j'étais doué, admit-il. Il avait joué en amateur toute sa vie et avait un talent fou. Mais il avait grandi en Algérie et n'avait jamais réussi à se sentir tout à fait intégré. C'est pourquoi il avait travaillé très dur afin de devenir un homme respecté dans son village d'accueil. C'est également pour cette raison qu'il a mal accepté la grossesse illégitime de ma mère. Elle jetait le discrédit sur tous ses efforts pour gagner un tant soit peu d'honorabilité.

Son visage se durcit sensiblement. Puis, il soupira, en ajoutant :

— Il a fini par regretter de s'être montré aussi intraitable envers elle. Quand elle est morte, il a tenu à se racheter. Il m'a élevé, m'a donné tout son amour et m'a appris à jouer au rugby. Mais comme j'étais bon en sciences, il m'a poussé dans cette voie. Il a tout de suite compris que j'avais atteint un point limite, et qu'il fallait à tout prix éviter que je retourne vivre en banlieue.

— Ah ? Pourquoi ?

Comme il détournait les yeux, elle lui prit la main.

— Tu peux te confier à moi, Pascal, dit-elle avec douceur. Je sais garder un secret.

Il sourit et observa encore un long silence avant d'enchaîner :

— La vérité, c'est que je ne voulais pas partir dans le Sud. Je faisais partie d'un gang. La violence, les trafics… J'étais en train de mal tourner. Une semaine avant mon départ, un règlement de compte entre bandes rivales a dérapé. L'un des meneurs s'est retrouvé à l'hôpital. C'était mon tour : j'étais censé mener la vendetta. Si mon grand-père ne m'avait pas arraché à ce milieu, si le rugby ne m'avait pas appris à canaliser ma rage et à la transformer en énergie positive… Alana, je serais devenu un assassin.

— Ne dis pas cela, protesta-t-elle avec autorité.

Plongeant le regard dans le sien, elle serra sa main.

— Écoute-moi bien, dit-elle d'une voix vibrante. Personne ne sait ce qu'il est prêt à faire ou à ne pas faire dans des circonstances qui sortent de l'ordinaire. Nous sommes tous capables du meilleur et du pire. Tu aurais peut-être agi en lâche, peut-être en héros. Ce que je sais, c'est que tu possèdes en toi une grande force, un immense courage, et…

Pascal l'interrompit en l'attirant brusquement contre lui

et en happant ses lèvres d'un baiser enfiévré. Il ne voulait plus jamais être séparé de cette femme. Et ce n'était pas parce qu'elle portait son enfant.

Alana s'était installée dans son cœur. Il le savait.

# 12.

Le lendemain matin, quand Alana ouvrit les yeux, elle s'aperçut qu'il était 10 heures. Comment s'était-elle retrouvée dans son lit ? Pascal l'avait-il déshabillée lui-même ? Pourquoi avait-elle dormi si longtemps ?

Désorientée, elle se leva, prit une douche et, en passant devant la porte entrebâillée du bureau de Pascal, jeta un coup d'œil à l'intérieur. À des années-lumière du joueur de rugby au T-shirt maculé de boue qu'elle côtoyait la veille, elle aperçut l'homme d'affaires impeccable, dans un costume italien et une chemise blanche amidonnée. Son cœur se serra.

— Je suis désolée, murmura-t-elle en pénétrant dans la pièce. Ce doit être la grossesse. Je ne comprends pas comment j'ai pu dormir si tard... Et je n'ai aucun souvenir de notre retour, hier.

Il releva la tête de son ordinateur, sourit, et vint vers elle en expliquant :

— Tu t'es endormie dans la voiture. Je t'ai portée.

D'un air inquiet, il la dévisagea avant d'ajouter :

— C'est moi qui suis désolé. Il faisait froid, nous étions dehors, je me suis laissé prendre par le jeu... Et tu es restée sur ce banc glacial durant des heures. Comment te sens-tu ? Je vais appeler le médecin, juste au cas où.

— Pascal, je ne suis pas en sucre, protesta-t-elle. Et j'ai passé une journée merveilleuse, hier.

Elle lui prit la main, la posa sur son front et renchérit :

— Tu vois ? Je n'ai pas de fièvre. Je me sens très bien.

Il blêmit, mais finit par accepter son diagnostic.

— Tu te sens assez en forme pour sortir ? demanda-t-il.

— Bien sûr ! À vrai dire, je ne demande qu'à prendre l'air, répondit-elle.

« Avec toi », songea-t-elle, réprimant l'envie de le lui avouer. Elle se sentait tellement bien, quand il était auprès d'elle.

— Tant mieux. Parce que j'ai passé quelques coups de fil pour que nous enchaînions des visites, aujourd'hui.

— Des visites ? répéta-t-elle en haussant les sourcils.

— Pour voir des maisons et des appartements à vendre dans le secteur de Montmartre. Tu m'as dit que tu aimais tout particulièrement ce quartier, n'est-ce pas ?

— Euh… Oui, admit-elle. Mais je ne comprends pas où tu veux en venir.

— Eh bien cet appartement est idéal quand on vit seul, mais ce n'est pas une résidence familiale. Tu n'es pas de mon avis ?

L'espoir s'immisçait en elle, et elle s'enjoignit au calme. Le penthouse de Pascal était un rêve pour un célibataire, mais elle ne voyait pas un bébé y grandir.

— Si. Bien sûr que si, acquiesça-t-elle.

— Parfait. Nous partons dès que tu auras pris ton petit déjeuner.

En fin d'après-midi, Alana avait la tête qui tournait et le cœur brisé. Elle avait visité de somptueux appartements avec panorama plongeant sur la capitale, des hôtels particuliers au bas de la butte, et de ravissantes maisons avec jardin derrière les vignes de Montmartre. En somme, elle venait de voir la crème de la crème en termes d'immobilier du 18e arrondissement. Toutes ces résidences avaient deux points communs : elles étaient somptueuses à en perdre la tête et coûtaient des millions.

Mais le malentendu s'était dissipé, et un courant d'air glacial ne la quittait plus depuis que Pascal lui avait avoué d'un ton tranquille qu'il n'avait nulle intention de vendre son penthouse.

En fait, il l'avait emmenée voir les cages dorées où il entendait les installer, elle et *leur* enfant. Pendant ce temps, il poursuivrait son existence dans *son* appartement, où défileraient d'autres maîtresses, d'autres conquêtes…

Il n'y avait pas de « nous » dans cette histoire. Il lui offrait une voiture, un logement — tout ce qu'elle désirait, sauf l'essentiel.

— J'ai un dîner d'affaires auquel je ne peux pas me soustraire, ce soir, annonça-t-il, comme ils étaient rentrés. Je te proposerais volontiers de te joindre à moi, mais je suppose que tu dois être épuisée, après cette journée de visites.

Elle se retint de rire. L'adrénaline qui courait dans son sang pourrait la tenir éveillée jusqu'au lendemain. L'angoisse qui la tenaillait l'empêcherait de dormir, qu'elle le veuille ou non. Mais son compagnon refusait de comprendre.

— Je me sens très bien, assura-t-elle. Dis-moi, combien de fois as-tu déjà organisé cette situation ? Tu sembles tellement à l'aise pour nous installer…

— *Nous* ? répéta-t-il en plongeant le regard dans le sien.

Une lame se retourna dans le ventre d'Alana.

— Le bébé et moi, se hâta-t-elle de préciser.

La fureur remonta en elle, et elle leva le menton pour poursuivre :

— Comment peux-tu tenir pour acquis que je vais souhaiter m'installer en France de façon permanente, Pascal ? Je n'ai jamais dit que je souhaitais vivre ici, je crois même avoir répété que je comptais élever mon enfant près de sa famille, *en Irlande* !

Il haussa les épaules, et ce geste décupla sa rage.

— Ne sois pas ridicule, lança-t-il. Tu portes mon bébé. Je te l'ai dit, j'entends être présent dans sa vie de façon absolue.

— Bien sûr ! s'esclaffa-t-elle. Chacun à un bout de Paris, tu veux dire !

— De quoi parles-tu, Alana ? De quoi suis-je accusé ? Je passe mon temps à essayer de te prouver que ce que nous partageons ne se limite pas à une attirance physique, au sexe.

Cette réponse la déstabilisa.

— Comment ? Je ne comprends pas…

Il s'approcha, glissa une main dans ses cheveux, et elle se mit à trembler de désir. Fermant les yeux, elle ignora le feu qui s'allumait en elle.

— Depuis le tout premier instant de notre rencontre, expliqua-t-il, il y a eu ce magnétisme entre nous, un attrait d'une force fulgurante.

Comme elle ne répondait pas, il ajouta très bas :

— Je sais que c'est aussi vrai pour toi que pour moi.

Ses joues flambaient. Elle ne put que hocher la tête en guise d'acquiescement.

— Mais désormais, reprit-il, tu es enceinte. Nous allons avoir un enfant, et je veux orienter notre relation sur un autre mode.

Alana sentit les larmes lui monter aux yeux. Elle ne comprenait que trop bien ce qu'il essayait de lui dire. Il ne souhaitait plus qu'elle soit sa maîtresse. Il espérait qu'ils allaient devenir *amis*. Dans l'intérêt du bébé.

De toute façon, si elle voulait être honnête avec elle-même, elle ne savait pas ce qu'elle voulait. Pascal partageait avec elle une véritable phobie du mariage. Elle s'était juré de ne pas tomber amoureuse, et…

— Je ne peux pas accepter ta proposition, lâcha-t-elle. Tu as consacré ta journée à me montrer les endroits où tu es prêt à nous loger, le bébé et moi, mais je refuse de dépendre de toi, de devenir ta responsabilité. Je préfère rentrer chez moi.

Son compagnon ouvrit la bouche, la ferma, puis opposa d'un ton sec :

— Nous sommes allés visiter des maisons pour *nous trois*, Alana. Pour fonder *notre* famille. Ensemble. Parce que nous sommes un couple, toi et moi. Qu'est-ce qui peut bien t'inciter à croire autre chose ?

Ces mots tonnèrent en elle et ouvrirent une faille. Elle se sentit se désintégrer. Pascal fit un pas vers elle et voulut prendre sa main, mais pour la première fois depuis qu'elle le connaissait, elle n'avait pas envie qu'il la touche. Elle recula vivement. Une peur panique venait de la submerger.

— Tu ne pensais tout de même pas que chacun de nous allait reprendre sa vie, dans sa ville et son pays respectifs ? insista-t-il en plongeant le regard dans le sien.

— Mais je… Il n'a jamais été question d'autre chose, rappela-t-elle. Je t'ai toujours dit que je ne souhaitais pas m'engager, Pascal.

Des sensations terrifiantes l'étranglaient. Elle se sentait en proie à la plus vive confusion.

— Oui. Avant que tu découvres que tu attendais notre enfant. Les choses ont changé, maintenant, dit-il.

— Ce n'est pas ce que je veux… Non, non… La voiture neuve, les résidences de rêve… Tu as tout planifié, n'est-ce pas ?

— L'un de nous doit bien faire face à la réalité, tu ne crois pas ? répondit-il en lui jetant un regard courroucé. Puis-je savoir comment tu envisages notre avenir, pour ta part ?

Elle serra les poings.

— Je me vois rentrer dans mon pays, et tu pourras nous rendre visite aussi souvent que tu le souhaiteras. Mais n'essaye pas de me faire croire que tu voulais autre chose. Tu pensais réellement te réveiller plusieurs fois par nuit pour apaiser un bébé qui pleure auprès d'une baleine au corps difforme ? Regrettant à chaque seconde de ne plus mener ton existence de play-boy ? À moins que tu n'aies déjà ménagé ton issue de secours : c'est dans cet appartement que tu aurais proposé à tes futures conquêtes de te rejoindre ?

— Alana, ça suffit ! s'emporta-t-il. Je ne me contenterai pas de la case minuscule que tu veux m'allouer. D'autre part, je n'ai pas l'intention d'avoir des maîtresses, et je vais vendre le penthouse. Je pensais même au mariage... Oui, moi ! J'y ai pensé, parce que je savais que l'engagement te ferait peur, je savais que tu élèverais les objections les plus insensées contre ce projet de vie commune. Ton égoïsme me déçoit. Tu veux prendre la fuite. Tu ne veux même pas nous accorder une chance dans l'intérêt de notre enfant.

Elle sentit une douleur alourdir sa tête. Ce qu'il racontait n'avait aucun sens. Pascal Lévêque était un play-boy, un séducteur invétéré. Il aimait son célibat, sa liberté.

— Tu... Tu n'es pas sincère, accusa-t-elle.

Il secoua lentement la tête, une moue écœurée sur les lèvres.

— Tu me connais si bien, Alana, ironisa-t-il. Tu crois que je serais capable de tourner le dos à une femme parce que son corps a changé, ou que je laisserais un bébé mourir de faim parce que ses cris m'épuisent ? Tu imagines sans doute aussi que je suis allergique à la vie domestique, que je ne songe qu'à chercher et à collectionner les « maîtresses » ? Eh bien toi qui m'as si bien percé à jour, tu dois savoir que cette conversation est terminée. Il est tard, je dois y aller. Bonne soirée.

Sur ces mots, il claqua la porte derrière lui.

Restée seule, Alana demeura quelques instants tremblante. La fureur de Pascal l'avait déstabilisée.

Un silence de plomb pesait sur l'appartement vide, et

elle alla s'asseoir sur le canapé, s'enveloppant d'un plaid. Pascal lui offrait bien davantage qu'une prolongation de leur liaison. Il lui offrait la sécurité. Posant la main sur son ventre, elle lâcha un soupir. Pourquoi, dans ce cas, se sentait-elle si angoissée ? Pourquoi n'éprouvait-elle rien d'autre qu'une peur panique ?

Elle alla se préparer une tisane, mais ses nerfs refusaient toute forme d'apaisement. Aussi décida-t-elle d'aller faire un tour en ville.

Plus elle arpentait les rues, plus son malaise augmentait. Soudain, elle sentit son téléphone vibrer dans son sac. Un message. Le cœur battant, elle espéra qu'il venait de Pascal.

Non. Le courrier électronique ne lui était adressé ni par son compagnon ni par l'une de ses sœurs… Elle le lut et sourit.

C'était un signe. Un signe *positif.*

Pascal était sans doute animé des meilleures intentions. Cela ne suffisait pas. Tôt ou tard, il regretterait sa liberté, la quitterait… Cette perspective était insupportable. Elle refusait de courir ce risque.

Dès qu'elle fut de retour, elle rédigea un mot à son intention et le laissa sur la table de la cuisine. Puis, elle fit sa valise et appela un taxi pour se rendre à l'aéroport.

— Salut Alana ! Ravie de te revoir. Tu nous as manqué.

— Merci Sophie, répondit-elle en se contraignant à sourire, avant de fermer la porte derrière elle.

Sourire n'était pas facile, depuis qu'elle était rentrée à Dublin, cinq jours plus tôt.

Oh ! Bien sûr, elle avait récupéré son travail, et c'était un grand bonheur. Elle parvenait ainsi à se tenir occupée, à empêcher ses pensées de s'égarer vers la France. Autour d'elle, l'attitude des gens avait radicalement changé. Et cela aussi, c'était une source de soulagement et de joie. Elle était délivrée de la malédiction. Depuis que la femme d'Eoin Donohue avait demandé le divorce et révélé en détail les frasques de son mari, plusieurs épouses et ex-épouses de joueurs de football l'avaient imité. Tombés de leur piédestal, les prétendus héros n'avaient plus le vent en poupe, et Alana bénéficiait d'un tout nouveau respect. Rory était allé jusqu'à lui présenter ses excuses. Ses frères et ses sœurs lui avaient vivement reproché son silence, mais elle avait eu droit à une petite fête en son honneur.

Pourtant, elle se sentait abattue. Triste. Morose.

— Alana ! s'exclama son patron en poussant la porte de son bureau à toute volée. Le programme de la semaine est très chargé à cause des demi-finales de…

La source de sa vitalité avait disparu, songea-t-elle. Pascal. Oui, Pascal, bien sûr. Bah ! n'était-ce pas juste une transition pénible ? Au fond, il était normal qu'il lui manque. Ils avaient passé un certain temps ensemble, et du jour au lendemain elle avait retrouvé sa petite routine. Après le faste de Rome, la belle vie à Paris… Oui, il était logique qu'elle passe par une phase de décompression. Ce qui expliquait aussi sa distraction. Son esprit avait tendance à vagabonder, et tandis que Rory jacassait, elle n'écoutait pas un traître mot de ce…

— … le gala de charité en présence de Pascal Lévêque au K Club ce week-end.

Alana sursauta comme si on venait de lui injecter un puissant excitant.

— Comment ? Qu'est-ce que tu as dit ?

Déjà, son cœur battait sur un rythme frénétique.

Rory la fusilla du regard.

— Tu ne m'as pas écouté ! aboya-t-il. Le gala annuel de Kildare ! Tu es amnésique ? C'est ton ami Pascal Lévêque qui va présider.

Alana déglutit. Le K Club était la salle de réception du plus célèbre golf de Dublin. Du monde entier, des stars s'y faisaient déposer par hélicoptère pour y séjourner quelques jours. Elle sentit soudain son sang se glacer dans ses veines.

— Rory… Tu n'étais pas en train de me demander de mener moi-même l'entretien ?

— Non, bien sûr que non. Il est encore un peu tôt pour te placer en première ligne d'un événement de ce type.

Elle sourit, soulagée. Il allait partir, quand il se retourna, l'air préoccupé.

— Alana… D'après ce que je comprends, ton histoire avec Lévêque n'a pas abouti, c'est ça ?

Mal à l'aise, elle se recroquevilla sur son siège, cherchant à dissimuler, son ventre, par réflexe. C'était idiot. Sa grossesse était invisible. Cependant, elle ne voulait pas révéler son état avant le troisième mois. Elle se contenta d'une mimique vaincue.

— Oui, je vois, reprit-il. Je suis certain que cela vaut mieux. Vous n'étiez pas vraiment du même monde.

Sur ces mots, il disparut, et Alana resta seule avec un choc d'une violence inouïe. Les paroles stupides de Rory venaient de la sortir de sa torpeur. De son aveuglement. Bien sûr que si, Pascal et elle étaient du même monde ! Personne ne l'avait jamais si bien comprise que lui. Et elle certaine que la réciproque était vraie. Seigneur, comment avait-elle pu s'enferrer si longtemps dans le déni ?

Elle l'aimait. Elle était si follement, si désespérément amoureuse de lui qu'elle en avait le vertige. C'était clair comme de l'eau de roche, et elle revit sous un autre angle ses mouvements de panique, sa claustrophobie, sa fuite soudaine. En fait, elle était soulagée d'admettre enfin ce qui lui pesait sur le cœur depuis des semaines.

La nuit, elle ne parvenait pas à fermer l'œil. Elle rêvait de le sentir auprès d'elle, ne supportait plus d'être loin de son corps, de ses baisers, de ses caresses. Loin de son sourire et de son regard qui l'électrisaient. Loin de sa générosité, de son intelligence, de sa personnalité.

Cet éloignement dont elle était seule responsable allait la tuer. Accablée de remords, elle se rappela la confiance qu'il lui avait accordée en l'emmenant dans son institut sportif, auprès des jeunes qu'il sauvait de l'échec. Elle revit son enthousiasme communicatif, dans les appartements qu'ils avaient visités ensemble. Il avait tout fait pour la convaincre de vivre avec lui. De rester ensemble.

Elle savait, maintenant, ce qui l'avait poussée à quitter Paris sur un coup de tête. La force de ses sentiments l'avait terrifiée, et elle avait plus peur encore que cet amour soit à sens unique. Pascal n'avait cessé de lui prouver qu'elle comptait pour lui. Apparemment… Elle n'avait cessé de faire fausse route. Et si elle se trompait une fois encore ? Pouvait-elle lui avouer ce qu'elle éprouvait et courir le risque de s'entendre répondre qu'elle avait mal compris ?

Ne sachant que penser, elle se prit la tête dans les mains et s'efforça de recouvrer son calme. De se fonder sur les faits, et non sur ses impressions. Une chose était certaine : elle était partie à la vitesse de l'éclair le jour où il lui avait déclaré qu'il souhaitait vivre avec elle et leur enfant.

Seigneur, quelle idiote… Était-il trop tard ?

— Écoute, Alana, je suis désolé mais je te répète qu'il n'est pas ici. Il est probablement parti faire un tour dans une boîte en ville. Il est passé pour l'inauguration et a filé tout de suite après. Tu as compris, maintenant ?

Exaspéré, Rory abandonna Alana dans le hall du K Club. On avait refusé de la laisser pénétrer dans la salle, et elle avait dû demander qu'on aille chercher Rory, qui n'avait visiblement guère apprécié son insistance.

Elle poussa un profond soupir et jeta un coup d'œil à l'intérieur. Champagne, petits fours, femmes en robe du soir, messieurs en smoking. Rory n'avait pas menti : pas de Pascal en vue.

Tristement, elle traîna les pieds en quittant les lieux et retourna vers sa voiture. Sur la route du retour, alors qu'elle comptait rentrer chez elle, une idée folle lui vint. Tellement folle qu'elle ne vit pas pourquoi ne pas la suivre : après tout, maintenant, elle avait tout son temps.

Elle quitta le centre-ville et prit la direction de Croke Park. Dix minutes plus tard, lorsqu'elle parvint à destination, elle put constater que parking du stade était désert.

— Mais qu'est-ce que vous avez à vouloir vous promener dans ce stade ce soir ? bougonna le gardien quand elle le pria de la laisser entrer. Il n'y a pas de match !

Dans son cœur, elle sentit l'espoir renaître. Elle baissa les yeux vers le parking VIP. La Lexus ! Il était là.

Le cœur battant à se rompre, elle se précipita dans l'ascenseur, puis courut dans les gradins.

Il était assis près du carré de la presse. Le regard dans le vague, il laissait le vent soulever ses cheveux. Son manteau noir soulignait sa carrure, et il était si séduisant qu'elle eut mal.

Pourtant, la douleur ne l'entravait pas. Son amour la rendait forte. Si forte qu'elle saurait supporter sa colère, son amertume, ses reproches... Pourvu qu'elle ne soit pas devenue une étrangère, qu'il ne la repousse pas tout de suite.

Dès qu'elle approcha, il se leva, la fixa d'un regard indéchiffrable et demanda d'une voix froide :

— Qu'est-ce que tu fais ici ?

Sa réaction était légitime, se rappela-t-elle. Elle ne pouvait pas s'attendre à un accueil chaleureux.

— Je te cherchais, répondit-elle avec franchise.

Il leva les yeux au ciel, s'esclaffa et répliqua d'un ton sarcastique :

— Excuse-moi si je fais erreur, mais la dernière fois que j'ai eu de tes nouvelles, c'était par écrit. Une note sibylline m'annonçait que tu rentrais à Dublin par le premier vol, point final. Le moins que l'on puisse dire, c'est que tu cherchais à *ne plus* me voir et à mettre la plus grande distance possible entre nous !

Sans se démonter, Alana approcha et s'installa sur le siège à côté du sien.

— J'ai une confidence à te faire, déclara-t-elle.

Sa voix était grave. Il s'était rendu compte de son émotion, car il la considéra avec attention. Toute trace d'ironie avait disparu de son visage.

— Je n'ai jamais aimé Ryan. Je t'ai menti. J'ai été élevée dans le respect du mariage en tant que sacrement divin. Je savais ce qu'on attendait de moi et je voulais me conformer au choix de toute ma famille. J'ai été séduite par la grande joie de vivre de Ryan. Ce que je prenais pour de la joie de vivre. Il m'a demandé ma main, j'ai dit oui. Il m'a promis de travailler très dur afin que sa carrière ait une portée internationale. Il a fait tout le contraire. Il m'a juré de prendre soin de moi et de me rendre heureuse. Et déjà au cours de nos fiançailles, notre histoire battait sévèrement de l'aile. J'aurais pu tout interrompre. Annuler les noces. Ce n'était pas facile, mais c'était *possible*. Je ne l'ai pas fait parce que j'ai cru que trop d'argent avait déjà été investi dans la cérémonie. Que mes parents seraient trop déçus.

Elle releva les yeux vers lui, puis fixa le terrain et ajouta :

— Je me suis moi-même précipitée dans le malheur. J'étais un bébé, Pascal. J'avais vingt-deux ans. Je ne savais pas qui j'étais, je me berçais d'histoires… J'ai découvert à quel point il est facile de perdre entièrement le contrôle de sa vie et de son avenir. Je regrette de ne pas avoir eu plus de courage. Plus de dignité. Plus de sens de l'honneur et de…

— Regarde-moi, Alana, dit-il en posant l'index sous son menton, la contraignant à le dévisager. Je crois que ça suffit. Cesse de t'accabler de reproches. Fais la paix avec toi-même. Tu viens de le reconnaître : tu étais une très jeune fille. Et la facture a été bien assez lourde pour que tu continues à te torturer.

Elle hocha la tête. Le plus difficile restait à faire, pensa-t-elle.

— Pascal, je t'ai raconté tout cela parce que je tiens à ce que tu saches que je n'agis pas à la légère. Le choix que je m'apprête à faire est le bon. Même si tu ne partages pas mon avis.

Elle quitta son siège et s'agenouilla sur le ciment.

— Qu'est-ce que tu fais ? tonna-t-il en écarquillant les yeux.

— Je m'apprête à suivre mon cœur. Cette fois, c'est moi qui prends l'initiative, en pleine connaissance de cause. C'est ce qui me semble le plus juste. En fait, ça sonne juste depuis la toute première fois que je t'ai vu ici, dans cette tribune. Seulement, j'admets qu'il m'a fallu un certain temps pour le reconnaître. Pour faire confiance à mon premier instinct.

Une indéfinissable émotion brillait dans les yeux de Pascal. Au fond de sa poche, elle serrait le précieux écrin.

— Tu m'as demandé d'envisager la vie commune, reprit-elle. De donner une chance à notre famille. D'offrir à notre enfant des fondations stables.

— Mais je ne t'ai jamais proposé le mariage, Alana, l'interrompit-il. Tu m'as assez répété ce que t'inspiraient la vie conjugale et le couple !

— Je sais. La vérité, c'est que je voulais infiniment plus que ce que je prétendais. Je suis rentrée ici parce que j'étais terrifiée par ce que tu me proposais. Je pensais que tu allais te lasser de moi et que tu prendrais aussitôt une autre maîtresse. Cette perspective m'aveuglait, me plongeait dans la panique. Quant au mariage, j'étais sincère : je ne voulais plus en entendre parler. J'avais définitivement renoncé à connaître un jour le bonheur en tant qu'épouse. Pascal, j'ai eu un comportement irrationnel avec toi, à Paris. Tu sais pourquoi ? Parce que ma plus grande peur, c'était que tu ne sois pas amoureux de moi. Je t'aimais follement et, au fond de moi, je ne pouvais pas me résoudre à vivre à tes côtés sans amour.

Il restait muet. Seigneur, il restait muet ! Tant pis. Il fallait mener jusqu'au bout la mission qu'elle s'était assignée.

— Pascal, je... Accepterais-tu de m'épouser ? demanda-t-elle d'une voix vibrante d'émotion, sortant l'écrin de sa poche pour lui révéler une alliance.

Pascal avait un nœud brûlant dans la gorge. Impossible d'émettre un son. La dernière chose à laquelle il s'attendait en venant à Dublin, c'était trouver Alana Cusack à genoux devant lui dans un stade désert, lui proposant le mariage ! Après lui avoir avoué qu'elle l'aimait...

Peu à peu, son choc se dissipa. Il s'aperçut qu'elle tremblait et lui tendit les mains pour l'aider à se relever. Puis il sourit et s'exclama, espiègle :

— Je me demandais combien de temps il te faudrait encore pour te décider !

Loin de partager son amusement, la jeune femme le contempla avec angoisse.

— Alors ? insista-t-elle d'un ton crispé. Tu veux bien, ou tu refuses ?

Malgré lui, il ne put s'empêcher de rire plus fort.

— Sachant que je n'accepterai de me marier avec toi que si tu m'aimes, Pascal, ajouta-t-elle.

— Passe cette bague à mon doigt et tu verras bien, suggéra-t-il.

Bon sang ! comment pouvait-elle ne pas voir qu'il était aux anges ? Comme il ne tenait guère à ce qu'elle se rende malade, il leva la main gauche.

Des larmes roulèrent sur les joues d'Alana. Dès qu'elle

eut glissé l'anneau à son annulaire, il la prit dans ses bras et l'embrassa à en perdre haleine.

— Cruelle fiancée, murmura-t-il. Tu m'as fait vivre un enfer pendant toute une semaine. Tu as mis mon existence sens dessus dessous. Ne pas prendre mon jet pour te rejoindre immédiatement à Dublin a été l'un des choix les plus douloureux de ma vie, le soir où j'ai trouvé ton mot d'adieu, mais j'ai compris que la patience était mon seul espoir. Il fallait que tu admettes la vérité…

Il lui sourit et ajouta :

— Je t'aime, Alana. Comment est-il possible que le monde entier s'en aperçoive, sauf toi ?

Très émue, elle restait contre lui.

— Je suis amoureux de toi depuis le premier instant, quand je t'ai vue dans ce stade, enchaîna-t-il.

— Moi aussi. C'était comme si je te connaissais depuis toujours. Comme si nous étions faits l'un pour l'autre. Je t'aime, Pascal.

— Alors viens me le prouver, susurra-t-il en lui prenant la main pour l'entraîner vers sa voiture.

# Épilogue

Avec un petit soupir d'aise, Alana garda les yeux fermés et se cala très confortablement entre les moelleux coussins de son canapé. L'adorable nourrisson qui tétait goulûment son sein lui donnait une agréable sensation de torpeur.

Au sortir de son petit somme, une familière impression de bonheur simple la submergea. Quittant un instant sa fille des yeux, elle contempla le salon peint de couleurs vives. Par les hautes fenêtres, elle apercevait le jardin, les balançoires, le petit bac à sable rempli de jouets. Nichée au cœur de la butte Montmartre, cette maison était si loin de la circulation parisienne qu'elle avait presque l'impression de vivre à la campagne. De hauts arbres protégeaient la propriété des regards indiscrets.

C'était l'une des splendeurs qu'elle avait visitées avec Pascal des années plus tôt — du temps où elle s'imaginait qu'il avait l'intention de l'y laisser seule avec leur premier enfant. Cela paraissait tellement absurde, tellement loin...

Un parfum délicieux vint chatouiller ses narines, et elle sourit : comme si elle avait perçu la présence de son père, elle aussi, la petite Orla tourna la tête et leva ses grands yeux bruns vers lui. Pascal se pencha, déposa un baiser amoureux sur le front de sa fille avant de poser sa bouche brûlante dans le cou de sa femme et d'y laisser une myriade de frissons.

C'était magique. La grossesse n'y faisait rien. Entre elle

et son mari, l'attirance était intacte. Ils restaient insatiables l'un de l'autre.

— Explique-moi comment il est possible que je sois jaloux de ma propre fille, murmura-t-il d'un ton rauque en posant un regard languide sur son sein nu.

— Ce ne serait pas la première fois, répliqua-t-elle en riant. Mais je suis certaine que tu t'en remettras !

Ensemble, ils couchèrent leur petite merveille sur le meuble à langer, et Alana regarda Pascal la changer d'une main experte. Il avait de l'entraînement.

Deux fusées pénétrèrent alors dans la pièce, portraits tout crachés de leur père.

— Papa ! cria le plus grand. C'est à mon tour de porter le maillot irlandais. Je ne veux pas être français ! Dis-le à Sam ! De toute façon, il est trop grand pour lui.

Les garçonnets restaient fermement accrochés l'un et l'autre à un vêtement vert au logo de l'équipe nationale, et le menton de Samir se mit à trembler. Son prénom était un hommage au grand-père de Pascal. Alana sentit son cœur se fendre en voyant des larmes se former sur ses longs cils noirs. Pascal coula un regard accusateur vers sa femme, qui prit un air innocent.

— Je n'y peux rien, se défendit-elle. Tu savais que je venais d'une famille nombreuse.

— Ce n'est pas le problème, maugréa-t-il. Tu encourages mes fils à dresser une nation contre l'autre.

Elle rit et, tout en rattachant son soutien-gorge d'allaitement, protesta :

— Le match entre la France et l'Irlande avait lieu aujourd'hui. Ils veulent tous les deux être du côté du vainqueur, voilà tout… Et ne me reproche pas leur esprit de compétition : ils le tiennent de toi !

Pour toute réponse, Pascal l'attira contre lui et l'embrassa langoureusement.

— Ah ! berk ! lâcha Patrick.

— C'est dégoûtant ! renchérit son frère. Pas cool du tout…

Choqués par le manque de pudeur de leurs parents, ils quittèrent le salon, non sans continuer à se disputer le maillot.

— Ce n'est « pas cool du tout », mais c'est très agréable, soupira Alana en se blottissant au creux de son épaule.

— Vous ai-je déjà dit que je vous aime, aujourd'hui, madame Lévêque ?

— Pas encore. Mais nous pourrions peut-être prier la baby-sitter de venir garder nos monstres pour que vous puissiez me le dire en toute intimité, monsieur Lévêque.

— C'est une excellente idée. Une sortie au restaurant me plairait beaucoup. Où as-tu envie d'aller ?

Elle sourit et lui adressa un regard complice.

— Où tu voudras, pourvu que tu demandes la berline et que le trajet soit long…

— Hum ! Et que la banquette arrière soit confortable ?

— J'aime que tu lises dans mes pensées, acquiesça-t-elle.

Elle arrima le regard au sien. Elle avait encore une toute petite chose à lui dire.

— Je t'aime, chuchota-t-elle.

Retrouvez en mars 2019,
dans votre collection

*Azur*

**Promesse et passion, de Clare Connelly - N°4059**

*MARIAGE ARRANGÉ*

Fille unique d'un puissant homme d'affaires, Emmeline étouffe dans son cocon luxueux. Pour être libre, elle est prête à tout – et même à contracter un mariage de convenance avec Pietro Morelli. Si le protégé de son père fait preuve d'une rare arrogance à son encontre, il sera pour elle le mari idéal, elle en est sûre. Jamais il ne sera question entre eux de sentiments et leur union pourra rester platonique. Du moins le croit-elle, avant que la passion s'en mêle...

**Le défi d'un milliardaire, de Jennie Lucas - N°4060**

Ares Kourakis s'ennuie à mourir. Riche héritier d'une dynastie d'armateurs, il est habitué au luxe, partout où il va. La station d'hiver paradisiaque de l'Idaho où il séjourne n'a rien à envier aux palaces qu'il fréquente d'ordinaire. De Stockholm à Singapour, ce sont les mêmes dance clubs, la même musique lancinante, le même scotch capiteux. Et les mêmes femmes, surtout, toutes désireuses de le conquérir. Toutes, ou presque. Car aujourd'hui, une serveuse digne d'une déesse lui résiste. Mieux encore, la jolie Ruby le méprise. Une audace qui ne fait qu'attiser son désir de la mettre dans son lit...

**Tentation sur une île, de Louise Fuller - N°4061**

*Il avait tout du beau ténébreux – sombre, rebelle, solitaire.* Incapable de résister à l'inconnu qu'elle vient de rencontrer, Cristina échange avec Luis un baiser ensorcelant, puis une nuit divine. À son réveil, son amant a disparu, hélas... Mais alors qu'elle tente de l'oublier, Cristina le retrouve sur l'Isla de los Halcones, où elle vient d'être embauchée comme photographe par les Osorio. Une illustre famille dont Luis se révèle être l'héritier...

**Le fils de l'amant grec, de Julia James - N°4062**

Revoir Anatole Kyrgiakis cause un choc à Tia. Il y a cinq ans, cet Apollon grec saupoudrait sa vie de magie, en lui faisant découvrir Athènes, puis Paris. À son bras, elle goûtait à un monde de luxe et de volupté. Mais c'était avant qu'il l'abandonne, lui laissant le cœur en miettes. Que lui dire aujourd'hui, alors qu'il la toise avec mépris ? Comment lui faire face, alors qu'entre eux plane le plus beau des secrets, un petit garçon dont Anatole ignore jusqu'à l'existence ?

**Séduction en Italie, de Chantelle Shaw - N°4063**

En vacances en Italie, Orla savoure la douceur de l'air, le panorama spectaculaire d'une mer turquoise. Mais son plaisir s'émousse sitôt qu'elle se retrouve face à Torre Romano. Cet homme, qui lui a fait toucher le firmament avant de la rejeter huit ans plus tôt, n'a rien perdu de sa superbe, ni de son arrogance ! Hélas, tandis qu'elle ne songe qu'à le fuir, Orla découvre avec stupeur que c'est dans la luxueuse demeure de Torre qu'elle va devoir séjourner…

**Retrouvailles à Whitestone Abbey, de Sara Craven - N°4064**

*Zandor Varga…* Alanna retient son souffle face à l'homme qu'elle a fui un an plus tôt, après s'être offerte à lui. Leurs retrouvailles inattendues à Whitestone Abbey lui font l'effet d'une tempête dans un ciel pur et sans nuage. Car Zandor représente bien plus pour elle que l'amant d'une nuit. Il est le fruit défendu, celui pour qui elle a perdu la raison… Or, si aujourd'hui, ils sont réunis durant un week-end, elle doit à tout prix lui résister. Il en va de la tranquillité de son cœur, comme de son âme…

**Un inconnu ou presque, de Kim Lawrence - N°4065**

Découvrir la passion dans les bras d'un inconnu ne faisait pas partie des projets de Chloe. Pourtant, c'est avec ravissement qu'elle s'est abandonnée à Nik, quelques heures seulement après leur rencontre. Une erreur qu'elle n'a cessé de regretter depuis, son amant s'étant volatilisé au lendemain de leur unique nuit d'amour. Si Chloe s'est longtemps interrogée sur son identité, elle est bouleversée d'apprendre aujourd'hui que l'homme qui l'a fait vibrer n'est autre que le frère de sa meilleure amie…

## Un pacte secret, de Lynne Graham - N°4066

SÉRIE : *SECRETS DE MILLIARDAIRES* - 3/3

Freddie ne se fait aucune illusion. Entre le puissant Zac da Rocha et elle, il ne peut s'agir que d'un mariage de pure convenance. Si par cette union, Zac promet à Freddie de maintenir sa famille unie, son époux exige qu'elle lui donne bientôt un héritier. Or, le jour où Freddie tombe enceinte, rien ne semble plus aussi simple. Car un pacte, aussi froid et solennel qui soit, ne vaut rien quand il est mis à l'épreuve de la passion et des sentiments...

## Pour le cœur de Javier Casillas, de Michelle Smart - N°4067

SÉRIE : *AMOURS VENGERESSES* - 3/3

Javier Casillas est abasourdi. La nuit torride qu'il a passée dans les bras de la belle Sophie n'a pas été sans conséquences, puisque la voilà enceinte de lui ! Bien que réfractaire à l'idée de s'engager, il n'a d'autre choix que de proposer à la jeune femme de l'épouser. Pas question pour lui de laisser une mère et son enfant sans protection... Mais quand Sophie en vient à attendre autre chose de lui que le désir brut et sauvage qu'il lui témoigne chaque fois qu'ils se trouvent en présence l'un de l'autre, alors Javier sent la situation lui échapper. Car, résolu à garder le contrôle, jamais encore il n'a permis à quiconque d'atteindre son cœur...

## Une dette délicieuse, d'Andie Brock - N°4068

Décidée à retrouver sa sœur disparue, Harper se rend à New York. C'est là que sa jumelle a été aperçue la dernière fois, alors qu'elle travaillait au Spectrum. Hélas, loin de trouver des réponses dans la luxueuse boîte de nuit de Manhattan, Harper se retrouve vite impliquée dans un terrible imbroglio. Vieri Romano, le patron des lieux, lui révèle en effet que sa sœur lui a volé une forte somme d'argent avant de disparaître. Une dette qu'il attend que Harper honore... en jouant le rôle de sa fiancée !

## Le rendez-vous du désir, de Caitlin Crews - N°4069

Après trois ans de séparation, Bethany trouve enfin le courage de demander le divorce à son mari, Léo Di Marco. Plus question d'être l'épouse d'un homme qui s'est détourné d'elle dès le début de leur mariage, la laissant chaque jour un peu plus seule et désemparée. Ainsi, elle l'espère, elle pourra enfin en finir avec le passé, et les sentiments qu'elle redoute d'éprouver encore pour Léo. À son grand soulagement, celui-ci accepte l'idée d'officialiser leur séparation. À une condition : elle doit l'accompagner en Italie, seul endroit, prétend-il, où le divorce peut être prononcé...

Composé et édité par HarperCollins France.

Achevé d'imprimer en janvier 2019.

CPi
BLACK PRINT

Barcelone

Dépôt légal : février 2019.

Pour limiter l'empreinte environnementale de ses livres, HarperCollins France s'engage à n'utiliser que du papier fabriqué à partir de bois provenant de forêts gérées durablement et de manière responsable.

*Imprimé en Espagne.*